Le Baptême Pourpre

MO HUNTER

Code ISBN : 9798728394204

Couverture : Marika Bottari

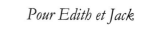

Pour Edith et Jack

L'art suprême consistait en ceci : se laisser aller, consentir à sa propre chute.

Hermann Hesse, *Klein et Wagner*

Je ne voulais pas leur faire mal, juste les tuer.

David Berkowitz

Prologue

Le lac Katrine ne payait vraiment pas de mine.

Coincé en sandwich entre les villes de Charity et de Franklin, il était tapi au pied d'une colline si abrupte, qu'elle semblait lui servir de plongeoir naturel.

En été, son miroir sombre revêtait une mantille de lentilles d'eau et de nénuphars faméliques ; en hiver, un mince manteau de glace.

Des nageurs peu aguerris s'y trouvaient parfois en difficulté et on comptait un ou deux noyés chaque été.

Mais surtout, le lac devait sa mauvaise réputation à l'accident qui se produisit en février 1956.

On ne sut jamais comment la fillette s'était retrouvée sur le lac gelé, deux heures après la tombée de la nuit. Sans l'intervention d'un couple ayant entendu la glace se briser, on n'eut retrouvé son corps qu'au printemps suivant. Chose étrange, elle n'avait pour seuls vêtements qu'une robe usée et un chausson rose, ayant perdu l'autre dans sa chute.

Le *Charity Post*, le journal local, en fit des gorges chaudes des semaines durant. L'interview du couple qui l'avait sauvée permit même de tripler son tirage :

LA FILLETTE DU LAC

(...) Alertés par un craquement, Monsieur et Madame Conway ont aperçu la fillette juste au moment où elle basculait dans l'eau, avec un cri de frayeur. N'écoutant que son courage, Alan Conway, notre héros du jour, n'a pas hésité un instant et s'est précipité à son secours. Bien que la glace ait immédiatement cédé sous son poids (Monsieur Conway est à ranger dans la catégorie des « costauds »), ce digne fils de Virginie n'en a pas moins continué à avancer, sans quitter un seul instant des yeux l'endroit où la petite fille avait disparu :

« J'ai vu les bulles qui filaient vers la surface et j'ai plongé droit dedans ! Ensuite, je l'ai empoignée par les cheveux et je suis remonté », a simplement commenté Monsieur Conway, interrogé à ce sujet.

Quel hasard béni des dieux a poussé ce couple à se promener près du lac Katrine, par une nuit claire et froide ? Certains prétendent que si les Parques n'ont pas tranché le fil ténu retenant notre petite Jane Doe[1] à la vie, c'est parce qu'Alan Conway est employé à l'usine de filature de Charity. Mais tous s'accordent à dire que c'est un miracle et se réjouissent de compter deux héros parmi ses habitants.

En effet, Alan Conway reconnaît volontiers le rôle important tenu par sa propre épouse, Teresa Conway, dans ce sauvetage inouï :

« C'est un pur miracle que Teresa se soit souvenue de la vieille couverture à pic-nic dans le coffre ! nous a confié Monsieur Conway. Après ça, elle n'a cessé de souffler dans la bouche de la fillette à intervalles réguliers, tandis que je fonçais, pied au plancher, jusqu'à l'hôpital le plus proche. »

Par la suite, le Docteur Terence Maloney, qui dirige le service des urgences, a tenu à venir féliciter lui-même Monsieur et Madame Conway pour leur incroyable réactivité.

---

[1] Jane Doe : en anglais, nom donné à une femme dont on ignore l'identité. Pour un homme, on parle de John Doe.

…Ce que le *Charity Post* ignorait, en revanche, c'est que Teresa et Alan avaient en réalité accompli un double miracle : ils n'avaient pas seulement sauvé une vie ce soir-là, mais aussi leur couple, fragilisé depuis la mort de leur bébé six ans plus tôt.

La fillette demeura deux jours dans le coma, Teresa et Alan si vigilants à son chevet, qu'il fallût presque autant de temps au personnel de l'hôpital pour réaliser qu'elle n'était pas leur fille. Un de ses petits orteils, présentant une nécrose avancée à cause du froid, avait dû être amputé.

En dépit de nombreuses recherches, on ne sut jamais les circonstances exactes de cet accident, ni l'identité des parents de la petite fille. Celle-ci ayant oublié jusqu'à son propre prénom, ce sauvetage s'apparenta pour elle à une seconde naissance.

Pendant quelques mois, des affiches continuèrent à circuler et sa photo, à orner des packs de lait, jusqu'à ce qu'elle ne ressemblât plus vraiment à la fillette de cinq ans au regard apeuré, photographiée sur son lit d'hôpital. Ses cheveux repoussèrent, elle retrouva l'appétit avec les bons petits plats de Teresa et devint une enfant d'une stupéfiante beauté.

En définitive, Alan et Teresa furent autorisés à l'adopter. Elle était comme ces objets trouvés que personne ne réclame : il était donc logique qu'elle leur revienne.

Ils décidèrent de l'appeler Hazel.

Dans l'esprit de la petite fille, le ciel s'éclaircissait : elle avait retrouvé ses véritables parents – le roi et la reine qui pleuraient sa disparition depuis des années.

A la longue, elle finit même par confondre cette histoire de chute dans le lac avec celle d'un conte un peu inquiétant, auquel il valait mieux éviter de penser, passée une certaine heure. Sinon, la dame du lac s'invitait dans ses pires cauchemars : elle émergeait des eaux sombres du lac Katrine et commençait à ramper sur la berge, tendant une main décharnée et bosselée de coquillages vers elle.

Chapitre 1

Le 28 décembre 1956, jour où ils ramenèrent la petite fille chez eux pour la première fois, Alan et Teresa Conway étaient si heureux, que l'on eut pu croire que c'était Hazel qui les adoptait et non le contraire.

Teresa, surtout : particulièrement volubile, elle ne cessa de parler tout le long du trajet et de tourner la tête vers la petite fille sagement assise à l'arrière.

Elle voulait s'assurer qu'elle ne rêvait pas.

— Je suis sûr que tu te retiens de te pincer, finit par dire Alan, amusé par son manège.

Sans mot dire, Teresa releva la manche de son pull et lui montra son bras couvert de légères marques rouges.

Elle rayonnait.

Lorsqu'ils arrivèrent à destination, la nuit était tombée et les lampadaires éclairaient d'une lumière douce les façades claires des maisons.

La voiture s'arrêta devant un pavillon à deux étages et le couple s'empressa de faire rentrer Hazel au chaud. Le vestibule était si encombré de ballons multicolores, que Teresa dut les écarter pour accrocher leurs manteaux :

— TA-DA ! s'exclama-t-elle, en ouvrant grand les bras. Bienvenue dans ton nouveau chez toi, ma jolie !

La petite fille esquissa un sourire timide et regarda autour d'elle, impressionnée. Elle ne pouvait s'empêcher de serrer contre sa poitrine la peluche qu'Alan et Teresa lui avaient offerte le matin-même.

— Et si tu faisais un petit tour, ma puce ? proposa gentiment Alan, avant de chuchoter à Teresa, qui s'apprêtait à entraîner la fillette à sa suite :

— Je pense qu'elle sera plus à l'aise si elle découvre les lieux par elle-même, tu ne crois pas ?

Teresa hésita, puis jeta un regard à la petite fille craintive :

— Tu as raison, Alan, comme toujours, finit-elle par dire en l'embrassant.

Hazel fit quelques pas timides, s'immobilisant au milieu de l'entrée. Elle leva son visage de sa peluche et ferma les yeux quelques secondes.

La maison respirait le propre et un léger parfum d'encaustique, Teresa ayant ciré tout ce qui pouvait l'être.

Quand elle rouvrit les yeux, Alan et Teresa la regardaient en souriant et elle s'avança dans le salon : bien que Noël fût déjà passé, trois chaussettes tiraient leurs langues écarlates sous le manteau de la cheminée. La petite fille passa un doigt hésitant sur son nouveau nom, brodé en lettres d'or : *HAZEL*.

Elle laissa enfin échapper un soupir : elle se sentait en sécurité. Tout était ici à sa place : pas de verres sales, ni de cendriers regorgeant de cigarettes tâchées de rouge à lèvre, de bouteilles vides sur lesquelles on risquait de trébucher, ni de vêtements abandonnés là où on les y avait laissés tomber.

Elle tourna les yeux vers Teresa, dont le regard brillait d'excitation :

— C'est ta maison, Hazel, répéta-t-elle. Tu es chez toi et, devine quoi ? Tu as ta propre chambre !

— Teresa, la mit en garde Alan. Laisse-lui le temps.

Teresa baissa les yeux, désappointée et Hazel s'en voulut de l'avoir déçue, même si elle ne l'avait pas fait exprès.

— Je veux bien voir ma chambre… fit timidement Hazel, en glissant sa petite main dans celle de Teresa.

Teresa sourit jusqu'aux oreilles et Alan la regarda avec tendresse. Tout se déroulait plus facilement qu'ils ne l'avaient imaginé.

Avant leur départ de l'hôpital, le Dr Maloney avait en effet tenu à les mettre en garde :

— Sa blessure au pied ne lui permettra jamais de courir le cent mètres, mais son boitement devrait s'améliorer en grandissant. En revanche, je suis plus préoccupé par d'éventuelles séquelles psychologiques. L'amnésie et le choc subis par cette petite fille peuvent provoquer, au-delà de simples maux de tête, un comportement de repli. Il faut lui laisser le temps de s'adapter à sa nouvelle vie sans brûler les étapes.

— Pensez-vous qu'elle se souviendra un jour de ce qu'il lui est arrivé ? Avait demandé Teresa, en jetant un regard anxieux à Alan.

— Il est difficile de nous prononcer à ce sujet, avait répondu le médecin avec sincérité. Le fait que l'accident soit survenu chez un enfant aussi jeune ne permet pas de pronostics. Elle peut très bien ne jamais s'en rappeler, comme retrouver la mémoire après de nombreuses années, à la faveur d'un choc. Tout ce que je peux vous dire, c'est qu'il va vous falloir être patients.

Plus tard, alors qu'ils quittaient le service du Dr Terence Maloney, Teresa avait chuchoté à Alan :

— Espérons qu'elle ait tout oublié, cela vaut mieux.

Alan avait gravement opiné de la tête : ils n'étaient prêts à partager avec personne ce qu'ils avaient vu, au cours de cette fameuse soirée.

A vrai dire, ils ne souhaitaient même qu'une chose : oublier cette nuit-là, eux aussi.

...Et cette maison était parfaite pour cela, du moins presque parfaite, dans ce sens où elle aussi, avait un vide à combler.

La chambre dans laquelle la petite fille pénétra affichait déjà sur la porte, comme par magie, son nouveau prénom en lettres de sucre d'orge et son lit disparaissait sous une montagne de peluches aux sourires presque aussi béats que ceux de Teresa et d'Alan.

Elle pouvait voir son propre reflet dans le miroir de la jolie penderie. Une peau de pain d'épices, des cheveux noisette et des yeux dorés d'écureuil : Hazel[2] lui allait comme un gant.

Mais quand elle ouvrit les portes de l'armoire, elle vit que les cintres étaient garnis de vêtements bien trop petits.

— C'est pour un bébé ?

— Oh, j'avais complètement oublié, s'empressa de dire Teresa, toute rouge, en refermant vivement les portes du placard.

Elle se hâta d'entraîner Hazel vers un lit aux draps roses et blancs, un vrai lit de princesse :

— Regarde, je l'ai choisi exprès pour toi : il te plaît ?

Mais la fillette ne l'écoutait plus : ses yeux allaient de la penderie à son nouveau prénom sur la porte. Elle venait de

---

[2] Noisette (couleur), noisetier en anglais

comprendre que tout cela existait déjà bien avant qu'elle ne tombât dans le lac.

De fait, elle devait trouver plus tard, dans le garage, un berceau en cerisier de Virginie – celui de la fillette à qui était destinée à l'origine la jolie chambre, les peluches et les vêtements dans la penderie.

Hazel avait six ans : à peu près l'âge qu'aurait eu le bébé des Conway, s'il avait survécu.

A cette époque, les gens se méfiaient des ouvrages de psychologie et il ne vint pas à l'idée des nouveaux parents qu'il était étrange de donner à leur fille adoptive le prénom de leur enfant mort.

Chapitre 2

Hazel adorait sa nouvelle maison.

Le fait de la découvrir d'abord de l'intérieur, comme un médecin consulte une radio avant de rencontrer son patient, lui avait donné un sentiment de sécurité inconnu.

L'architecte à l'origine du lotissement semblait avoir été formé à l'usine de filature de Charity et avoir parfaitement intégré le principe du taylorisme, en démoulant à l'infini une succession de maisons sans charme. Le même esprit besogneux avait jugé bon d'aligner porches et jardins sur la rue : en résultait ce sentiment familier que confère, en général, le manque d'originalité.

Bien vite, cependant, un élément devait différencier le jardin des Conway des autres : la cabane qu'Alan construisit au cours de cet hiver-là dans leur arbre. Celui-ci trônait tel un roi déchu, avec ses branches lourdes, au milieu d'un aéropage de petits massifs émergeant de la neige tels des animaux curieux.

Mais quel arbre ! Un tulipier de Virginie, au tronc énorme, s'évasant en trois grosses branches et qui ne semblait avoir poussé là que pour remplir cette noble mission.

Alan et Hazel passèrent une bonne heure à dessiner le plan de la cabane idéale, avant de se mettre à l'ouvrage. Plus exactement, Alan assembla les planches entre elles, requérant de temps à autre l'aide d'Hazel pour des clous, un marteau ou une tasse de chocolat fumante, discrètement allongée d'un trait de whisky.

Au bout de deux jours, un visage lunaire apparut soudain au sommet de la palissade :

— D'tes, M'sieur Conway, qu'esse-qu'vous faites ?

Alan essuya la sueur qui perlait à son front, en dépit du froid de cette matinée hivernale et sourit :

— Tim ! Je me demandais quand se pointerait le bout du nez le plus curieux de Charity !

— Oh, M'sieur Conway, gloussa Tim, Bettie Woodworth est bien plus curieuse que moi !

Hazel, qui s'était cachée derrière les jambes d'Alan, glissa un regard craintif vers le garçon qui s'appelait Tim. Il avait de grands yeux naïfs et un sourire qui dévoilait ses dents et ses gencives avec une égale générosité.

— M'an veut pas qu'j'vous embête, mais j'ai un cadeau pour vot'nouvelle 'tite fille.

Hazel ne put s'empêcher de pouffer, tant la manière de parler de Tim lui paraissait insolite. Pas vexé pour un sou, le grand adolescent lui sourit et passa un bras au-dessus de la palissade. Il laissa tomber un petit paquet qu'Alan ramassa et tendit à Hazel :

— Merci, Tim, c'est très gentil à toi. Quand on aura fini la cabane d'Hazel, ça te dirait de venir la visiter ?

Le regard de Tim s'éclaira et il s'écria :

— Et comment !

Hazel déplia le morceau de tissu sale qui entourait une petite figurine en bois colorée. Une poupée indienne. Elle n'avait jamais vu quelque chose d'aussi joli.

— C'est Pocahontas ! cria Tim, avant de disparaître derrière la palissade.

— Tim a quatorze ans, mais dans sa tête, il est plus près de ton âge, Hazel, expliqua Alan, en reprenant son marteau. Et comme tu peux le voir, il est passionné par les Indiens en général et par Pocahontas, en particulier.

Mais Hazel l'écoutait à peine, trop occupée à caresser la poupée en bois avec émerveillement.

Les jours suivants, Tim vint assister à l'avancée des travaux de la cabane et partager son savoir pocahontesque avec Hazel, qui l'écouta avec attention.

Teresa les observait en souriant de la fenêtre de la cuisine et leur apportait de temps à autre une assiette de cookies, qu'Hazel, Tim et Alan dévoraient avec entrain.

Un vrai tableau à la Norman Rockwell.

En la voyant un jour tracer avec un bâton dans la neige POKAONTASSE, Teresa s'exclama étourdiment :

— Comme tu sais bien écrire, Hazel ! Où as-tu appris à faire de si jolies lettres ?

La fillette rougit et jeta son bâton au loin, avant de courir se réfugier à l'intérieur de la maison.

— Qu'est-ce que j'ai dit ? demanda Teresa, désemparée.

— Elle n'aime pas qu'on lui parle de sa vie d'avant, ni de sa blessure au pied ! fit Tim, les sourcils froncés. Vous devriez l'savoir, M'ame. C'est vous, sa n'velle maman.

Teresa hocha la tête avec un air grave :

— Tu as raison, Tim. Mais tu vois, il arrive aussi aux adultes de faire des bêtises.

— Elle aime bien écrire, ça oui ! concéda Tim. Elle fait des tas et des tas de lettres dans la neige !

Le lendemain, Teresa offrit à Hazel un cahier avec une couverture de cuir rouge dont elle déchiffra l'inscription en lettres d'or avec application : JOURNAL INTIME.

— Intime, ça veut dire quoi ? demanda-t-elle à Teresa.

— Ca veut dire que ce cahier est personnel, que tu es la seule à pouvoir lire ce que tu écris dedans.

— Il te plaît ? demanda Alan, en faisant un clin d'œil à Teresa.

— C'est magnifique ! fit Hazel, qui n'avait jamais vu quelque chose d'aussi beau. Je vais le cacher dans ma cabane et j'y confierai tous mes secrets !

Alan lui tapota l'épaule d'une main bourrue :

— C'est exactement la fonction première d'un journal intime et d'une cabane : garder les meilleurs secrets ! lui dit-il, d'un ton grave.

Peu à peu, la petite fille abandonna son air apeuré et répondit enfin à son nouveau prénom. Le jour où elle l'entendit éclater de rire avec Tim, Teresa en eut les larmes aux yeux et sourit à Alan.

Le soir même, le couple refit l'amour pour la première fois depuis très longtemps, Alan se montrant particulièrement tendre et prévenant envers Teresa.

Petit à petit, les plaies se refermaient.

Chapitre 3

Charity, la ville où habitaient Teresa et Alan était si petite, qu'on prétendait que la fanfare du lycée avait le temps d'en faire deux fois le tour avant d'être parvenue à la fin de Dixie[3]. Bien sûr, c'était un peu exagéré, mais pas entièrement faux, dans la mesure où Charity n'était qu'une tête d'épingle sur la carte de la Virginie Occidentale. Située dans le comté de Pendleton, à la frontière de l'état avec la Virginie, elle avait conservé de son histoire un attachement aux traditions du Sud.

Les deux pôles de la ville étaient l'église et l'usine. Entre les deux, s'étiraient Main Street et son purgatoire de boutiques poussiéreuses, où il n'était pas rare de voir les décorations de Noël cohabiter avec les lapins de Pâques. La seule folie de cette ville résidait dans son cinéma à l'architecture rococo, plein de dorures et de balcons où le lancer de popcorn faisait figure de discipline olympique.

Hazel s'y rendait souvent avec Teresa, pour une sortie « entre filles », puis elles allaient manger une glace chez Paddie's. Enfin, elles rentraient en gloussant, ignorant les rouspétances d'Alan, concentré sur un match à la télé, une

---

[3] Dixie est le surnom donné au Sud des Etats-Unis. Ici, cela désigne la chanson « I wish I was in Dixie », chanson populaire américaine exprimant la nostalgie des Etats du Sud.

bière à la main – ce qui ne l'empêchait pas de monter plus tard pour border le lit d'Hazel et lui raconter une « faraminerie » de son cru.

Hazel était friande de ses histoires abracadabrantes : d'une part, parce qu'elles la faisaient rire aux éclats, d'autre part, parce qu'elles avaient le don de repousser les frontières de la nuit.

Elle appréhendait toujours l'heure d'aller se coucher, à cause des cauchemars. Il lui semblait parfois qu'une silhouette sombre se dressait devant son lit et l'observait. Quelque fois, elle sentait même de longs cheveux caresser son front et ses joues et elle fermait désespérément les yeux, pensant de toutes ses forces aux « faramineries » d'Alan. En vain, la plupart du temps.

Plus d'une fois, il lui arriva de salir son lit, à sa plus grande honte. Bien que Teresa changeât toujours ses draps avec des paroles apaisantes, la petite fille restait convaincue que, dans l'esprit de sa mère adoptive, *l'Autre*, la vraie Hazel, ne se fut jamais comportée ainsi.

Au lendemain d'une nuit particulièrement mouvementée, Teresa dit à Alan :

— Je suis sûre que tout va rentrer dans l'ordre quand elle ira à l'école.

— Espérons que tu aies raison, répondit Alan en étouffant un bâillement, tandis qu'il leur préparait un café *ristretto*.

Un bruit de petits pieds nus sur le carrelage lui fit lever les yeux :

— Et voici notre bout d'chou ! Regarde, Hazel, Teresa t'a fait des pancakes. Tu en veux combien : deux, trois… cent ? Mille ? Je pense qu'il y a assez de farine pour ça.

La petite fille qui tenait sa peluche par les oreilles éclata de rire et grimpa sur les genoux d'Alan :

— J'en veux mille !

— J'en étais sûr ! Allez, Teresa, mille crêpes pour mon *pancake monster* !

Teresa s'exécuta avec enthousiasme et arrosa de sirop d'érable une montagne de crêpes dans l'assiette de la petite fille.

— Est-ce que Tim pourra en avoir, lui aussi ?

— Oui, ça lui fera très plaisir, répondit Alan. Sa maman m'a dit hier qu'il était malheureux comme les pierres de savoir que tu commences bientôt l'école.

— Il ne va pas à l'école, Tim ?

— Non, répondit Teresa : Tu sais, Tim a eu une encéphalite quand il était petit et depuis… il a de gros problèmes de concentration. A la place, il fait des petits travaux dans le quartier. Et il sculpte des Pocahontas.

Hazel hocha vigoureusement de la tête, en engouffrant une bouchée si énorme, qu'elle lui gonfla les joues de manière comique. Elle était un peu triste pour Tim, mais elle avait hâte d'aller à l'école et d'étrenner son cartable neuf.

— Tu vas voir, tu vas te faire plein de copines ! ajouta Teresa. A commencer par la fille de Bettie, ma meilleure amie. Tu te souviens de la dame qui est venue l'autre jour ? Elle a une fille de ton âge, qui s'appelle Clara.

Hazel opina, étouffant un éclat de rire devant la grimace faussement dégoûtée d'Alan. La Bettie en question était la femme d'Ed Woodworth, le patron d'Alan à l'usine et même à six ans, Hazel était capable de voir que cette femme se prenait pour le nombril du monde. Et puis, comme disait Alan chaque fois qu'il apercevait sa coiffure en choucroute de loin, elle s'aspergeait tellement de laque, qu'elle courait le risque de devenir chauve à chaque fois qu'elle allumait une cigarette – ce qui lui arrivait à peu près toutes les cinq secondes.

Surtout, Teresa et Bettie adoraient laver le linge sale des autres en l'arrosant copieusement de Mint Julep dans l'arrière-boutique de Marg Colson – le whisky local était réputé pour délier les langues et pour rien au monde elles n'auraient voulu faire mentir la réputation d'un produit du terroir.

A les voir aussi proches toutes les trois, il eut été logique de voir leurs filles, nées la même année, suivre le même chemin.

Il n'en fut rien, comme Hazel devait malheureusement s'en apercevoir une semaine plus tard, dès son premier jour d'école.

Chapitre 4

Comme Hazel intégrait le First Grade[4] le second trimestre, on lui donna le pupitre d'une petite fille partie vivre avec sa famille de l'autre côté du lac.

Hazel s'installa silencieusement à sa place, tandis que Miss Jeanny, l'institutrice, expliquait à l'intention de la classe :

— Voici notre nouvelle élève, Hazel Conway. Elle vient d'arriver parmi nous et je vous demande à tous de lui montrer le bon exemple.

Au premier rang, un petit garçon au nez couvert de taches de rousseur se mit à loucher, en répétant silencieusement la fin de la phrase : *« je vous demande à tous de lui montrer le bon exemple »* et Hazel se retint de pouffer de rire.

C'était une bonne imitation de Miss Jeanny.

— Conway, comme Teresa Conway ? demanda une brunette à l'air boudeur.

— Oui, Clara, dit Miss Jeanny, d'un ton mielleux. Hazel est sa petite fille.

Hazel jeta un regard curieux à la fillette qui la toisait et qui, elle venait de le comprendre, devait être la fille de Bettie. Elle sentit tout de suite qu'il n'y avait rien de bon à attendre d'elle.

---

[4] Equivalent du CP en France

A six ans, Clara Woodworth était déjà une force de la nature qui terrorisait les garçons de son âge et les filles de la classe supérieure. Même son institutrice, Miss Jeanny, n'osait trop la réprimander, contrairement aux autres élèves, qui avaient souvent droit à un coup de règle sur le bout des doigts. Clara était la fille d'Ed Woodworth, le directeur de l'usine et n'entendait laisser personne l'oublier.

— Pff, Teresa n'a pas d'enfants, rétorqua-t-elle, avec un air dédaigneux. Je le sais, parce que c'est la meilleure amie de ma mère et que son mari travaille pour mon papa. Comme la moitié de la ville.

Hazel se redressa vivement, le visage empourpré :

— Eh bien maintenant, c'est ma mère ! Et Alan est mon père aussi. Tu vois bien, tu ne sais rien du tout, lui lança-t-elle, en lui tirant la langue, ce qui fit rire les autres enfants autour d'elles.

Les lèvres de Clara se retroussèrent, comme un petit animal avant de mordre :

— Menteuse !

— Allons, allons ! fit Miss Jeanny. Clara, assieds-toi et calme-toi. Hazel, s'il te plaît, viens me voir.

La fillette obéit, soudain intimidée. Sans le vouloir, elle avait franchi une frontière invisible et sentait qu'on s'apprêtait à le lui faire regretter. Un doute vite confirmé par le regard victorieux de Clara et l'air désolé du garçon du premier rang, quand elle passa devant eux.

Lorsque la fillette s'arrêta devant Miss Jeanny, celle-ci se leva, lui saisit la main et la conduisit au coin, près du tableau noir.

Puis elle retourna s'asseoir à son bureau et Hazel lui jeta un regard incrédule. Ainsi donc, les adultes ne se contentaient pas de raconter des *faramineries*, ils vous obligeaient parfois aussi à en faire :

— Hazel, regarde devant toi.

— Mais, Miss Jeanny, il y a le mur ! objecta la petite fille et toute la classe éclata de rire.

— Bien vu, la nouvelle ! s'exclama le petit garçon au premier rang et Miss Jeanny frappa son bureau :

— Justin Wilson, il y a trois autres coins dans cette salle : si tu te montres aussi impertinent qu'Hazel, je peux t'y envoyer aussi.

Une voix claire derrière elle s'éleva :

— Aux trois coins en même temps, Miss Jeanny ?

Un lourd silence salua la question d'Hazel.

Miss Jeanny se leva de nouveau et la rejoignit en deux enjambées, attrapant au passage une longue règle jaune pleine de craie sous le tableau. Avant que la fillette n'eût le temps de dire ouf, elle lui en administra une pleine volée sur ses mollets, lui tirant un cri de douleur aigu.

— Hazel est la fille adoptive de Mr et de Mme Conway, elle vient d'arriver à Charity. Il est normal qu'elle ne connaisse pas les bonnes manières, mais nous tous, vous les enfants et moi-même, allons l'aider à les appliquer.

Elle utilisa le verbe « appliquer », les bonnes manières s'administrant pour elle à coups de claques ou de sirop amer.

Au fond, c'est exactement comme ainsi qu'Hazel perçut Jeanny McLeary, lors de son premier jour à l'école, comme ceux qui allaient suivre : un mauvais moment à passer.

Chapitre 5

Miss Jeanny et Clara furent sans nul doute les deux principales raisons pour lesquelles Hazel se mit très vite à détester l'école. Le malheur voulut que Miss Jeanny fût son institutrice durant toute l'école élémentaire et suivit sa classe avec l'opiniâtreté d'un chewing-gum collé à une semelle.

— Pourquoi Miss Jeanny me déteste-t-elle autant? demanda-t-elle un jour à Justin Wilson, son camarade.

Justin prit le temps de réfléchir, avant de lâcher :

— Parce que tu n'as pas peur d'elle, je pense. Elle a beau être une adulte, elle est comme Clara : elle aime flanquer les chocottes aux gens.

Hazel donna un coup de pied dans un caillou :

— Ce ne sont que de sales sorcières ! C'est vrai, quoi : elles ouvrent la bouche et tu n'as qu'à mettre les mains en coupe pour faire le plein de crapauds !

— On devrait les enfermer toutes les deux quelque part, fit Justin.

— Dans ma cabane ? suggéra Hazel, morte de rire.

Justin éclata de rire à son tour, avant de s'arrêter net :

— Attends, répète ça. Tu as une cabane ?! Genre, une vraie de vraie ?

— Tu voudrais venir la voir ?

— Et comment ! s'exclama Justin, tout excité.

Après l'école, Hazel demanda à Teresa si son nouvel ami Justin pouvait venir voir sa cabane et bien sûr, Teresa accepta.

Les deux enfants passèrent l'après-midi à y jouer, venant à intervalles réguliers réclamer à Teresa des coussins, un vieux transistor et une assiette de cookies, que Justin renifla avec délectation en fermant les yeux :

— Ta mère est un vrai chef ! Mon père prétend toujours que ma mère cuisine au lance-flamme et que ses spaghettis sont *alla carbonizata*.

Juste à ce moment, la tête de Tim s'encadra par la trappe qui permettait d'accéder à la cabane et Justin bondit sur ses pieds :

— C'est Tim-le-zinzin ! Qu'est-ce qu'il fiche ici ?

— C'est mon ami, rectifia Hazel. Monte, Tim, il reste plein de cookies. Ils sont aux noix de pékan, comme tu les aimes !

— Mes préférés de tous, fit Tim, en hissant son corps corpulent dans la cabane, avant de se mettre en devoir de vider l'assiette que lui tendait Hazel.

— Non mais, quel goinfre ! glapit Justin. Il a tout mangé !

— Tu sais, tu peux lui parler directement, dit Hazel, en fronçant les sourcils.

Tim plaqua ses deux mains devant la bouche et ses yeux se remplirent de larmes.

— Garçon fâché, fit-il à Hazel.

— Non, il ne t'en veut pas, Tim. Il veut juste être ton ami.

— Pas du t… commença Justin.

— Mais si, l'interrompit Hazel, en lui pinçant le bras.

— Aïe !

— Et si je lui montrai la pierre ? suggéra soudain Tim, en frappant dans ses mains d'excitation.

— Calme-toi, le neu-neu, on dirait qu'on t'a transfusé du tabasco ! fit Justin, en se massant le bras – Hazel n'y avait pas été de main morte. De quelle pierre tu parles ?

De la part de Tim-le-zinzin, il fallait s'attendre à tout.

— Tu le sauras, si tu nous accompagnes ! s'exclama Hazel, en bondissant sur ses pieds. Allez, Tim, laisse cette assiette, on y va !

L'instant d'après, ils se dirigeaient vers le lac Katrine, Justin toujours bougon et légèrement à la traîne derrière un Tim et une Hazel en pleines palabres.

Une vingtaine de minutes plus tard, ils parvinrent au lac, qu'ils longèrent jusqu'à ce que Tim s'arrêtât près d'une longue pierre en forme d'huître, juste au bord de l'eau.

— Ben quoi, c'est qu'un gros rocher ! s'esclaffa Justin.

— Pas n'importe lequel, répliqua Hazel. Tim, raconte-lui.

— C'est le rocher de Pocahontas !

— N'importe quoi ! Elle n'était même pas de ce comté, fit Justin, qui sembla cependant tout d'un coup plus attentif.

— C'est là qu'elle a sauvé c'pauvre John Smith, expliqua Tim, avec passion.

Il lui montra des silhouettes gravées à même la pierre :

— Regarde : c'est une pierre à sacrifice. La pierre-à-John-Smith ! Les indiens allaient le tuer et Pocahontas l'a sauvé d'extremis. C'est comme ça qu'on dit, non ? D'extremis ?!

— Oui, fit Hazel. Enfin, je crois. Qu'est-ce que tu en penses, Justin ? C'est génial, non ? fit-elle, en sautant sur la pierre et en tournant sur elle-même en tapotant sa bouche de la paume de la main : Ouhouhouhouhouhouhouhou !

Aussitôt, Tim l'imita : Justin ne put y résister et bientôt, ils étaient trois à tourner sur eux-mêmes, comme des idiots, en poussant des cris d'Indiens.

Quand ils finirent par s'affaler dans l'herbe, hilares, Justin et Hazel roulant sur Tim pour le chatouiller, celui-ci poussa un dernier cri, qui n'avait rien d'indien, lui :

— Jackpot-bingo-boum !

C'était si bien inspiré sur le coup, qu'Hazel et Justin tombèrent d'accord pour en faire leur cri de ralliement.

— J'ai autre chose à vous montrer, fit tout à coup Tim, en aidant les deux enfants à se relever.

— Encore un truc en rapport avec Pocahontas ? voulut savoir Justin.

Tim refusa d'en dire plus et les conduisit à une clairière située à quelques minutes de marche de la pierre-à-John-Smith.

Hazel regarda la grange qui se dressait au milieu, déçue :

— Je suis déjà venue ici. Cette parcelle appartient à mon père. Ce n'est qu'une vieille cabane abandonnée, avec des outils crasseux et des trucs tranchants à l'intérieur. Il ne veut pas que je vienne jouer ici.

Tim lui fit signe de se taire et les conduisit derrière la cabane. Il eut l'air déçu de trouver un énorme cadenas sur la porte :

— Ca n'y était pas avant, fit-il.

— Tu as déjà été à l'intérieur ? demanda Justin, soudain intéressé.

— Des tas d'fois, quand j'étais petit. M'sieur Conway oublie souvent de remettre le cadenas, quand il repart. C'est normal, il faut qu'y se réhabitue à marcher sur le sol des vaches.

Justin et Hazel échangèrent un regard incrédule :

— Hein ?

— Bah oui, c'est là que M'sieur Conway cache sa machine ! dit Tim, en haussant les épaules devant une telle évidence. Venez-voir.

Il leur désigna un interstice entre deux planches disjointes et Hazel y colla son œil, le cœur battant.

Au début, il faisait trop sombre, mais peu à peu elle parvint à distinguer une énorme masse brune, d'où dépassaient des tuyaux luisants.

— Fais voir ! fit Justin, impatient, en la bousculant sans le vouloir.

— C'est quoi ? demanda Hazel à Tim, bouche bée.

Elle n'avait jamais rien vu de tel. Qu'est-ce qu'Alan pouvait bien dissimuler sous cette grosse bâche noire ?

— C'est un véhicule de l'hyperespace.

— De l'hyper-quoi ? répéta Hazel.

— De l'hyperespace ! répéta Tim, très satisfait de son petit effet. C'est une soucoupe volante, qui lui sert à défendre la Terre des envénaouisseurs.

— Les envénaouisseurs ? répéta Justin, intrigué.

— Les envahisseurs, chuchota Hazel.

Tim les ignora et déclara avec conviction :

— M'sieur Conway est un cow-boy de l'espace !

— Allons donc ! fit Justin, mort de rire. Après les Indiens, les cowboys ! Fichtre !

— N'empêche, cette grosse machine bizarre doit bien servir à quelque chose ! Et si mon père ne veut pas que j'y touche et que je rentre dans cette grange, c'est qu'il y a une bonne raison, fit Hazel. Regarde ces tuyaux brillants, on dirait des chromes.

— Je sais que ça lui permet de passer dans d'autres dimensions, fit Tim, sûr de lui. Quand il ressort de là, M'sieur Conway, il a l'air d'avoir le tournis et y marche pas droit. Il est pas dans son assiette, ça s'voit tout de suite.

Il se gratta l'arrière du crâne, avant de lancer un gros crachat si loin, qu'il lui valut un hochement connaisseur de Justin.

— Il est pas le seul à voyager de monde en monde, reprit-il, tirant sur sa salopette élimée. Je vois parfois dans le coin une femme avec de longs cheveux noirs et elle n'est pas d'ici.

Son regard s'éclaira soudain :

— Vous croyez que c'est Pocahontas, qui utilise la machine de l'hyperespace d'Alan pour voyager dans le temps ?

— N'importe quoi, soupira Justin. Hazel, tu ne vas pas croire à ses zinzineries ?

— Et pourquoi pas ? Ton père est bien sheriff, pourquoi le mien ne serait-il pas un cow-boy de l'espace, s'il en a envie ?

Justin prit le temps de réfléchir et finit par hocher la tête :

— C'est possible, en effet. Mais j'espère que sa caisse volante a une plaque d'immatriculation, parce que tu peux compter sur mon père pour botter les fesses du tien, sinon, cow-boy de l'espace ou pas ! Jackpot-bingo-boum !

Chapitre 6

Si Tim était un expert en histoire pocahontesque, Justin était lui un précieux allié contre les autres filles de la classe, qui faisaient toutes bloc autour de Clara, également connue sous le nom de « calamité ambulante ». Une expression qui pouvait à l'occasion s'appliquer à Miss (Calamity) Jeanny, à Alessandra-kiss-kiss-Fanning, une grande gigue qui embrassait de force les garçons, ou à Kimmie-ouin-ouin-Colson, la plus grande rapporteuse du monde.

Mais ce soutien n'empêcha pas Hazel d'être exclue trois jours pour avoir giflé Clara, qui lui avait renversé tout un pot de colle sur les cheveux.

Ce soir-là, Teresa et Alan eurent toutes les peines du monde à retirer les morceaux de glue de la chevelure soyeuse de la fillette :

— Trois jours d'exclusion, franchement, tu me déçois, Hazel ! fit Teresa.

— C'est Clara qui aurait dû être renvoyée, pas moi ! s'exclama la fillette, révoltée par tant d'injustice.

— Là, là, fit sa mère, c'est fini : on a tout retiré ! Je suis certaine que Clara ne l'a pas fait exprès.

— Cette petite peste en est capable, grogna Alan. Sa mère considère qu'une bonne éducation est avant tout une question de personnel.

— Alan Francis Robert Conway !

— Tu peux m'appeler par mon nom entier, demain, je vais en toucher un mot à son père.

— A Ed Woodworth ? glapit Teresa, affolée. Mais tu es fou ! Tu oublies que c'est ton patron !

— Non, ça je ne risque pas d'oublier, soupira Alan. Mais je le connais, on a fait la guerre de Corée ensemble. Eddie est un type bien, je suis sûr qu'il ne voudrait pas que sa fille se conduise de cette manière. Bettie a un peu trop tendance à lui laisser la bride sur le cou.

Teresa ne dit rien, mais son silence était éloquent et le regard navré d'Alan apprit à Hazel qu'il ne parlerait pas au père de Clara, le lendemain. Alan aurait soulevé la terre pour la petite fille, mais son désir de décrocher la lune pour Teresa était encore plus fort.

Tout le monde à Charity ignorait les raisons qui avaient poussé Teresa à choisir Alan, à commencer par son amie Bettie :

— Franchement, Teresa, tu aurais dû viser plus haut.

Ce que Teresa accueillait avec un sourire mystérieux, se contentant de faire tinter les glaçons de son Mint Julep. Comme si elle savait quelque chose que Bettie Woodworth et Marg Colson ignoraient.

Avec son physique, elle eut pu devenir hôtesse de l'air ou mannequin, voyager autour du monde avant de prendre une retraite dorée auprès de quelque riche héritier. Au lieu de quoi, elle habitait toujours le quartier de son enfance et avait épousé le garçon qu'elle fréquentait depuis le lycée.

Au fond, Teresa n'aimait pas le changement et sans doute pour cette raison, Hazel portait-elle le prénom de sa fille morte.

Cette ville, ce couple, cette famille furent la chance d'Hazel de tourner la page. Et ce, même lorsque les meurtres d'animaux commenceraient à se multiplier, les insectes, à grouiller au fond de son lit et la dame du lac, à remonter le chemin de sa mémoire pour envahir son présent.

Bien sûr, Alan avait ses moments de *c'est-comme-ça-et-pas-autrement* et parfois, quand Teresa lavait la vaisselle, elle restait le regard vide devant la fenêtre de la cuisine – suffisamment longtemps pour que l'eau eut le temps de refroidir dans l'évier. Peut-être pensait-elle au bébé qu'elle avait perdu, ou peut-être était-ce tout simplement dans sa nature d'être ainsi.

Lors de ce qu'il appelait ses « éclipses », comme si Teresa était un astre au rayonnement aussi vital que capricieux, Alan la traitait comme un objet fragile et précieux et cette manière précautionneuse d'aimer sa femme donnait alors à ce géant un peu balourd une grâce inattendue.

Difficile de croire, en le voyant aussi encombré de lui-même, qu'il fut un bon danseur ! Et pourtant. Certains soirs d'été, Alan et Teresa mettaient sur l'électrophone du salon un vieux disque aux sillons si marqués, que le saphir donnait l'impression de s'y enfoncer comme du beurre.

Puis Alan ouvrait en grand la porte d'entrée et l'ours et la poupée se mettaient alors à danser sous le porche au son de « *That's Amore* », leurs silhouettes se découpant aussi nettement que des ombres chinoises dans le halo laiteux de la pleine lune. Quant à Hazel, elle restait à côté de l'électrophone, car le disque rayé avait tendance à faire bégayer le pauvre Dean Martin.

A force, elle avait repéré le moment exact où ce bon vieux Dean commençait à débloquer : au cinquième couplet, juste après « *Quand tu danses dans la rue avec un nuage à tes pieds* ».

Chaque fois qu'Hazel rectifiait la trajectoire du saphir, elle se sentait à la fois omnipotente et tutti-triste.

Quand les gens s'aiment de cette manière, ils vous donnent parfois l'impression d'être plus seule encore.

Chapitre 7

Hazel fêta son neuvième anniversaire en 1960, l'année où John F. Kennedy fut élu président. Bien que les deux évènements ne fussent pas (à notre connaissance) liés, elle était plus heureuse qu'une souris dans un cheddar.

Pour elle, le bonheur tenait à de petites choses : le regard complice échangé par Teresa et Alan, le matin, par-dessus leur tasse de café ; le nid plein d'œufs bleus découvert un jour, avec Tim, juste à côté de sa cabane ; l'odeur des cookies chauds ou encore, le journal intime en maroquin rouge offert chaque année.

Non, il n'y avait vraiment qu'à l'école où Miss Jeanny et Clara lui rappelaient qu'elle n'était pas la bienvenue partout.

Mais un évènement sembla un jour pouvoir changer la donne.

Un jour où elle était punie dans le couloir (Miss Jeanny aimait bien délocaliser de temps en temps ses punitions), Hazel vit Kimmie jaillir des toilettes, en poussant un cri aigu. Elle avait l'air d'avoir vu un fantôme.

— Un rat, Hazel, il y a un rat dans les toilettes !

La fillette se rendit dans les w.-c., Kimmie sur ses talons et tremblante comme une feuille – à croire que c'était Godzilla qui était entré là pour faire sa petite commission.

— Il est là… derrière le dernier box.

Hazel découvrit alors, dans un léger renfoncement dans le mur, une souris apeurée, entourée de sa portée. Elle se mit à genoux et tendit une main vers le petit animal qui la renifla avec méfiance, avant de se laisser caresser la tête.

— Kimmie, ce n'est pas un rat, mais une souris. Comme Mickey Mouse.

Hazel sourit, les moustaches de la souris lui chatouillant agréablement la paume de la main. Quant aux souriceaux roses et aveugles, ils étaient à la fois affreux et touchants de fragilité.

— Viens voir, elle ne mord pas.

— Tu es sûr ? Ma mère dit qu'on peut attraper la rage avec les bêtes sauvages.

— C'est juste une petite souris de rien du tout, Kimmie. Tiens, donne-lui le reste de ma barre au chocolat ! Je suis sûre qu'elle aime ça.

La souris lui donna raison et les deux fillettes échangèrent un sourire radieux.

Les jours suivants, elles prirent l'habitude d'aller visiter la famille souris et Hazel se mit à attendre le moment de partir à l'école avec impatience.

Teresa finit par s'en apercevoir :

— J'ai l'impression que les mauvais jours sont enfin derrière nous, dit-elle un soir à Alan, alors qu'ils étaient tous les deux couchés.

— Pourquoi dis-tu cela ? demanda celui-ci, en étouffant un bâillement (la journée à l'usine avait été longue).

— Hazel a le sourire aux lèvres, quand elle part à l'école. Entre nous, j'ai l'impression qu'elle a un secret !

— Et quel serait ce secret ? demanda Alan, en fourrant son nez dans le cou parfumé de sa femme, qui se mit à rire :

— Je l'ignore, mais ce secret-là, il a du bon ! s'exclama-t-elle, avant de répondre à la caresse d'Alan.

Teresa ne l'eut jamais avoué, mais elle se sentait soulagée. Il y avait quelque chose de sombre, dans le passé de leur petite fille, qui semblait parfois menacer de remonter à la surface, tel le corps d'un noyé. La voir sourire, se précipiter le matin pour aller à l'école lui mettait du baume au cœur.

Elle l'avait bien surprise à mettre des morceaux de fromage dans sa boîte à lunch, alors qu'elle n'aimait pas ça... mais peut-être s'était-elle fait un nouvel ami amateur de cheddar ?

Hazel et Kimmie avaient en effet pris l'habitude d'apporter des quignons de pain et du fromage à la famille souris. A force, la mère s'était habituée à leur présence, au point de les laisser caresser ses petits, qui grossissaient de jour en jour. De bonnes petites boules de poils qui leur chatouillaient les joues, quand elles les portaient contre leur visage.

— On dirait les souris des contes de fée, tu ne trouves pas ? s'exclama un jour Kimmie et Hazel crut soudain se souvenir d'un vieux livre, où il était question d'un lapin changeant de couleur de pelage en fonction des saisons.

Mais elle oublia vite cette étrange réminiscence et s'amusa, avec Kimmie, à trouver des noms aux souris : Minnie, pour la maman, Rosie, Bertram et Max pour les bébés. Elles leur fabriquèrent un nid, avec du coton et des chutes de velours – Marg Colson, la maman de Kimmie, était couturière et travaillait dans la seule boutique de prêt-à-porter de la ville.

De ce secret partagé, commença à naître une timide amitié et un jour, Kimmie l'attendit à l'entrée de l'école, pour lui annoncer :

— Ma mère est d'accord pour que tu viennes jouer à la maison demain, après l'école. On boira des chocolats chauds avec des marshmallows !

— Tu te rends compte, Tim, dit plus tard Hazel à son jeune voisin, c'est la première fois qu'une fille de l'école m'invite chez elle !

L'adolescent prit une expression peinée :

— Est-ce que ça veut dire que maintenant, tu ne voudras plus jouer avec moi ?

— Bien sûr que non, Tim ! Comment veux-tu que je sois Pocahontas, si tu n'es pas John Smith ?

Tim lui fit son sourire 100 000 watts et Hazel éclata de rire.

Elle ignorait qu'elle n'aurait jamais l'occasion d'aller chez les Colson.

Le lendemain, intriguée par leurs allées-venues à la récréation, Clara les suivit aux toilettes et découvrit le pot-aux-roses :

— Pouah ! Des souris ! C'est dégoûtant !

Kimmie ignora les avertissements muets d'Hazel et s'écria joyeusement :

— Oh, Clara, viens voir ! La maman souris, c'est Minnie, et là c'est Bertram, qui joue avec la queue de sa sœur Rosie et voilà Max, qui dort comme d'habitude dans son coin !

L'expression écœurée de Clara fit place à de la curiosité :

— C'est à cause des souris que vous disparaissez pendant la récréation ? Pour donner à manger à Minnie, Rosie, Max et…

Kimmie vint à sa rescousse :

— Bertram ! Regarde, il a une petite tache sur le museau.

— Fais voir ! s'exclama Clara, et Hazel la vit avec inquiétude s'approcher encore davantage des souris.

— Tu veux leur donner à manger ? demanda Kimmie.

Clara s'approcha encore et sourit :

— Toi, tu les aimes bien, les petites souris, Hazel ?

Hazel jeta un regard à Minnie qui, confiante, agitait ses moustaches en direction de la nouvelle venue, essayant de sentir si elle lui apportait quelque chose de bon à manger, elle aussi.

Alors elle sourit aussi à Clara et avec enthousiasme, répondit :

— Oui, elles sont si craquantes, tu ne…

Mais Clara ne lui laissa pas finir sa phrase.

Hazel la vit soudain lever très haut sa chaussure vernie et l'abattre de toutes ses forces sur la petite famille. Horrifiée, elle voulut l'arrêter, mais son pied blessé lui fit perdre l'équilibre et Clara n'eut aucun mal à la faire tomber en arrière. Puis elle poursuivit le carnage, sans prêter attention aux gémissements apeurés de Kimmie.

A la fin, lorsque les piaillements eurent cessé, elle alla tranquillement chercher du papier toilette et s'en servit pour nettoyer la semelle ensanglantée de ses chaussures. Fascinées malgré elles, Hazel et Kimmie la regardèrent prendre tout son temps, absorbée par la tâche. Quand elle eut fini, ses escarpins vernis brillaient de nouveau et elle demanda :

— Tu viens, Kimmie ? On a assez perdu de temps ici.

La fillette se releva timidement et emboîta le pas à Clara, sans jeter un regard à Hazel.

Après cela, Kimmie ne proposa jamais plus à Hazel de venir boire un chocolat chaud chez elle.

Peut-être associait-elle désormais leur amitié au fait de s'être occupée des souris : à quelque chose qui ne menait nulle part.

Chapitre 8

En 1962, deux évènements firent simultanément la une du *Charity Post* : la mort de Marylin Monroe, consécutive à une prise massive de médicaments et le passage d'un cyclone, à quelques kilomètres de Charity. Dans l'esprit des habitants, la chute de l'étoile avait épousé la trajectoire de la tornade, répandant les eaux du lac Katrine dans les rues de la ville.

En d'autres termes, le ciel s'était mouché dans le mouchoir de poche qu'était Charity.

Si l'usine, située sur un léger promontoire fut épargnée, le reste de la ville en contrebas se retrouva noyé sous des flots boueux, qui déversèrent dans les rues un amas de tôles, de branchages et de débris divers. Les caves furent inondées et les façades, rayées d'une ligne sale témoignant de la montée des eaux.

La maison des parents d'Hazel n'y échappa pas.

Dès que l'eau commença à remonter leur rue, Alan rentra en courant chez eux :

— Tout le monde sur le pont ! cria-t-il, comme s'ils participaient à une aventure.

Il conduisit Teresa et Hazel à l'étage, en imitant Bettie Woodworth, quand elle utilisait le reliquat de français rapporté de sa lune de miel à Paris :

— Après vious, mesdeumoâzelles…, dit-il, en soulevant un canotier invisible et elles éclatèrent de rire, oubliant la montée des eaux imminente.

Après avoir rehaussé les pieds des meubles du salon, il remonta de la cuisine un pain de viande hérissé de onze bougies et Teresa offrit à Hazel un cadeau emballé dans du papier de soie :

— Tu ne pensais tout de même pas qu'on allait oublier ton anniversaire !

La lumière mouvante des bougies saisit le sourire de la jeune fille, juste avant qu'elle ne les soufflât. Puis elle déchira le papier de soie et découvrit avec joie, mais sans surprise, un nouveau journal intime en cuir rouge.

Après cela, ils passèrent l'après-midi à jouer aux charades et à manger des sandwichs.

En définitive, celle-ci ne dépassa pas la troisième marche de l'escalier et Hazel passa le meilleur anniversaire de sa vie.

Le lendemain matin, l'eau avait disparu de la maison et des rues, aussi vite qu'elle était venue, laissant un sillon sale et boueux derrière elle. Lorsqu'Hazel regarda par la fenêtre de sa chambre, le jardin n'existait plus, noyé sous une couche de boue et une odeur tenace de pourriture s'en élevait.

Mais c'est une toute autre vision qui la glaça.

Devant le portail éventré, une silhouette vêtue de sombre semblait regarder leur maison. Comme elle se tenait à contrejour, Hazel ne pouvait distinguer ses traits, mais il lui sembla qu'il s'agissait d'une femme aux longs cheveux noirs. Quand elle mit sa main en visière, son geste attira l'attention de l'inconnue, qui releva la tête. Un instant, leurs regards se croisèrent et la petite fille frémit malgré elle.

L'instant d'après, la créature avait disparu.

L'apparition fit une telle impression à Hazel, qu'elle s'en ouvrit quelques jours plus tard à Justin et à Tim, tandis qu'ils pêchaient, installés sur la pierre-à-John- Smith :

— Elle avait l'air d'avoir avalé un balai et de ma place, je pouvais seulement voir ses cheveux plaqués sur son crâne.

Justin haussa les épaules et sourit avec un air moqueur :

— Et ? Une femme aux cheveux gras a regardé ta maison pendant deux minutes, la grande affaire !

— Je l'ai vue aussi, fit Tim, en grimaçant. Elle, pas gentille.

— Tu vois ! fit Hazel à Justin, en lui tirant la langue.

— Bah, Tim dirait n'importe quoi pour te faire plaisir.

Son nez couvert de taches de rousseur se plissa, signe qu'il s'apprêtait à dire une bêtise :

— Tu devrais te méfier ! Il y a des gens qui tueraient, pour un bon shampoing !

Hazel bondit sur ses pieds et ramassant son matériel de pêche, partit d'un pas rageur :

— N'importe quoi ! Je ne te parle plus, Justin Wilson. Viens, Tim, on rentre !

— Mais Hazel, les poissons ! protesta Tim, en lui montrant leur seau quasiment plein – le cyclone avait si bien baratté les eaux du lac, que les poissons désorientés se jetaient littéralement sur leurs appâts.

— On rentre, Tim, dit-elle, en lui attrapant la main et le géant se laissa faire sans plus discuter. Il était au moins autant en adoration devant Hazel que devant Pocahontas.

Justin les rattrapa en quelques enjambées :

— Excuse-moi, Hazel, c'était une blague débile ! Seulement je ne comprends pas pourquoi cette femme t'a tant impressionnée…

Hazel s'arrêta, hésitant à lui confier un secret :

— Allez, Hazel, promis, je ne me moquerai plus de toi ! Poursuis ton histoire.

Elle lui jeta un coup d'œil suspicieux, mais le jeune garçon semblait sincère :

— OK. Après l'inondation, j'ai voulu retourner dans ma cabane. Le jardin était dans un état affreux mais, comme elle est à deux mètres du sol, elle a été épargnée. Et pourtant…

A présent, Justin était suspendu à ses lèvres :

— Et pourtant ?

— Le sol de ma cabane était plein de traces de boue, à croire que quelqu'un y avait pénétré après l'inondation. Certains objets avaient changé de place et j'ai retrouvé mon journal rangé dans le mauvais tiroir de la table !

Le front de Justin se plissa comme sous l'effet d'une intense réflexion :

— Etrange, en effet… Peut-être était-ce la femme aux cheveux sales qui cherchait du shampoing ?

— Justin Wilson, je ne te parle plus !

— Si ça se trouve, c'était Tim ! Tim, c'était toi ?

Tim prit un air blessé :

— Je ne monte jamais dans la cabane d'Hazel, si elle n'est pas là. M'man dit qu'on ne doit pas rentrer chez les gens quand y sont pas chez eux.

— C'est bien, Tim. Tim ? Eh, vous me faites la tête tous les deux, maintenant ? Eh, je vous parle ! Vous allez au grand chambardement, cet après-midi ?

Le « grand chambardement » était l'opération de grand nettoyage post-cyclonique de la ville organisée ce jour-là par la mairie.

A l'heure dite, tous les habitants se retrouvèrent sur le pied de guerre, en plein Main street. Ou plutôt, en plein feu Main street, tant l'état de la rue principale de Charity donnait particulièrement envie de pleurer ce jour-là. Entre les vitrines brisées, les portants recouverts de boue, les chaises et les tables réduites à l'état de cure-dents et la vision de la grosse Mrs Blanchett toute saucissonnée dans les cuissardes de pêche de son mari, il y avait vraiment de quoi avoir des pensées suicidaires.

Moyennant quoi, tout le monde retroussa ses manches et en moins de temps qu'il ne faut pour le dire, la rue se retrouva encombrée d'un fatras de meubles et de marchandises inutilisables. Mr Blanchett essaya bien à un moment donné de jeter aussi sa femme, mais son bon sens finit par l'emporter : il aimait trop ses cuissardes de pêche.

Lorsque Justin aperçut enfin Hazel et Tim, venus aider Alan à nettoyer la boutique de Marg Colson, il leur fonça dessus :

— Allez, Conway, arrête de faire cette tête pour une histoire de shampoing !

Hazel glissa les mains dans les poches de sa salopette :

— Une histoire de shampoing ? Tim a vu cette femme à plusieurs reprises dans le quartier !

— Qui sait, elle cherche peut-être à louer une maison ? Qu'est-ce que j'en sais ?

Hazel soupira :

— Bon, j'arrête de bouder si tu nous aides, Tim et moi, à sortir toutes ces cochonneries dehors, fit-elle, en lui désignant le tas de vêtements souillés sur lequel Tim piquait un somme.

Une voix aigre, derrière elle, les fit se retourner :

— Des cochonneries ? Tim-le-zinzin, descends de là !

Tim s'empressa d'obéir, tout rouge.

— D'solé, Kimmie.

La fille de Marg Colson les fusillait du regard, caressant un énorme matou gris qu'elle tenait à bout de bras. Sa robe immaculée et ses ballerines eussent été parfaites pour une sortie chez Paddie's, mais s'avéraient un choix hasardeux pour une opération aussi salissante que « le Grand Chambardement ».

— Ce sont des robes dont les patrons viennent d'Europe ! glapit-elle. Ma mère va en être malade, quand elle saura ce qu'a dit la fille de sa meilleure amie et que son crétin d'ami se vautrait dessus !

— Bah alors, ne lui répète pas, fit Hazel, avec un clin d'œil à Tim et à Justin, qui se mirent à pouffer de rire.

Kimmie tourna les talons, furieuse, et se précipita vers l'arrière-cour de la boutique :

— Mamaaaaan !

— Méchante, fit Tim, l'air blessé.

— Oui, une sacrée peste, acquiesça Justin. Enfin, moins que Clara : dommage que la boue ait épargnée la maison des Woodworth, ça lui aurait fait les pieds !

La maison du directeur de l'usine était en effet dans l'un des rares quartiers à avoir été épargnés par la crue. Peut-être Ed Woodworth en conçut-il quelque gêne, car il fit un don d'argent qui devait servir à construire une gloriette.

Par la suite, cet édifice en bois ne lassa pas d'intriguer, avec ses colonnes doriques et son dôme en forme d'oignon, évoquant bizarrement la coiffure en choucroute de Bettie Woodworth, comme le fit remarquer Alan :

— Je suis sûr que c'est une idée de sa femme. Ed est un homme simple, il n'aurait jamais choisi quelque chose d'aussi m'as-tu-vu.

Sur le fronton était gravée une phrase en latin, empruntée à la ville de Paris : « fluctuat nec mergitur ».

De l'avis de tous, ce fut bien ce que l'inondation de 1962 laissa de plus laid dans la ville après son passage.

Chapitre 9

Avec le « Grand Chambardement », une bonne tranche du passé de Charity partit à la déchetterie.

Inspirée par ce gigantesque nettoyage de printemps, Teresa décida, elle aussi, de vider les placards de tout ce qui était inutile.

— La maison est très bien comme ça ! objecta Alan.

Mais Teresa ne voulut rien entendre. Elle enfila des gants à rallonge et un tablier plus garni de volants qu'une jupe de flamenco – un accoutrement qui lui donnait moins l'air d'une ménagère que de se rendre à un bal déguisé. Puis elle entreprit de tout ranger à sa célèbre façon, c'est-à-dire qu'elle dérangea tout.

Lorsqu'elle s'attaqua au bar et voulut aligner les bouteilles comme de bons petits soldats, Alan n'y tint plus :

— Laisse donc ces bouteilles tranquilles et va t'habiller, on va être en retard pour l'office !

Mais Teresa ne voulut rien entendre et avisant une bouteille vierge d'étiquette, s'en empara :

— En quelle langue faut-il te dire que je ne veux pas de ça chez moi ! Tu penses que j'ignore d'où vient cette bouteille, peut-être ?

Comme elle ouvrait la porte du meuble à liqueurs pour y ranger la dive bouteille, elle s'immobilisa. Alan pâlit, tandis que Teresa se redressait lentement :

— Alan Francis Robert Conway, est-ce que tu as une explication à *ça* ?

Ce n'était jamais très bon signe quand Teresa se donnait la peine d'énumérer tous vos prénoms. Hazel, qui était en train de mettre le couvert, se tordit le cou pour voir ce que le dos d'Alan lui cachait. L'intérieur du bahut était rempli à craquer de bouteilles identiques, pleines d'un liquide blanc transparent. Les sœurs de celle que Teresa tenait encore à la main.

— Je vais tout t'expliquer, Teresa.

— Tu m'avais promis que tu arrêterais !

— Je ne peux pas laisser tomber, tu sais bien…

Hazel ne comprenait rien à la scène à laquelle elle était en train d'assister. *De quoi peuvent-ils bien parler ? Est-ce que cela aurait un rapport avec la machine cachée dans la grange, près du lac ?*

Teresa haussa les épaules, mais bientôt il fut évident, alors qu'ils se dirigeaient tous trois à pied vers l'église, que sa bonne humeur s'était envolée.

Lorsqu'ils rentrèrent de l'office, Alan fit comme si de rien n'était et sortit de la bibliothèque un gros album de photos :

— Hazel, viens voir un peu par ici.

Ils allèrent tous les deux s'installer dans le salon, lui dans le fauteuil en chintz et elle, à cheval sur l'accoudoir, son pied blessé battant le vide d'excitation :

— Arrête de gigoter comme ça, on dirait que tu as avalé tous les vers à pêche de Justin !

— Beurk, fit Hazel, mais elle accepta de se tenir tranquille, tandis qu'il ouvrait le grand livre.

Si elle espérait de nouvelles *faramineries* ou obtenir des révélations croustillantes sur ce que son père dissimulait dans sa grange, elle fut bien déçue.

Il lui montra de vieilles photos de Charity au début du siècle : en gros, deux-trois maisons branlantes autour d'une église décatie. Mieux qu'un cadastre, ces photos illustraient en noir et blanc l'entêtement légendaire de ses habitants. Ceux-ci avaient développé la ville au détriment des champs, envoyant paître au nord les antiques familles d'agriculteurs – troquant en somme les pets de vache contre une usine textile, qui crachait ses poumons noirs dans le ciel bleu de Virginie depuis plus quarante ans.

Alan retira une photographie jaunie de l'album, pour la lui montrer :

— Regarde, Hazel, celle-ci date de la grande grève de 1934 !

Il lui désigna un garçonnet, souriant gauchement devant une grande banderole : « Rejoignez-nous et battons-nous ensemble pour la victoire ! »

— Tu me reconnais ? A l'époque, pendant que mon père bloquait les machines, je jouais avec les chutes de coton. Toutes les ouvrières voulaient me prendre sur leurs genoux !

— J'espère bien que ce n'est plus le cas ! cria Teresa de la cuisine et le bruit qu'elle fit en tranchant une carotte fit sursauter Alan.

Hazel pointa le doigt sur la banderole :

— Pourquoi fallait-il se battre ? voulut-elle savoir.

— Pour les droits des ouvriers, répondit Alan. Ils n'avaient pas les mêmes que dans d'autres industries et mon père était très mal payé !

Soudain, il attrapa gentiment le menton d'Hazel, pour l'obliger à le regarder dans les yeux :

— Il faut toujours se battre, jeune fille. Pas seulement pour toi, mais aussi pour les autres !

Hazel sourit : elle n'aurait jamais imaginé qu'Alan, qui s'entendait comme larron en foire avec Ed Woodworth, dissimulât en lui un Ernest Everhard[5].

— Alan, Hazel est trop jeune pour comprendre ce genre de choses, lança Teresa, en sortant de la cuisine avec un gigot qui sentait étrangement le dentifrice, à cause de sa sauce à la menthe. Fermez cet album, avant qu'il ne me prenne l'envie de le jeter avec le reste!

En prenant place à table, Hazel ne put s'empêcher de jeter un coup d'œil au meuble à liqueurs, songeant aux mystérieuses bouteilles qu'il abritait.

Des milliers de questions se pressaient aux lèvres de la fillette, convaincue qu'il y avait là un nouveau mystère à élucider.

---

[5] Héros du « Talon de fer », un roman de Jack London, où il prend la tête d'une révolte ouvrière.

Chapitre 10

Contrairement à ce que l'on put craindre, l'inondation eut des effets positifs sur Charity.

Par exemple, Jeanny McLeary jugea qu'il était temps de mettre les voiles et de quitter ce « trou paumé et mouillé », comme elle l'écrivit dans une lettre curieusement bourrée de fautes au directeur de l'école. Elle indiquait s'établir à Charles Town, ou sa sœur offrait de l'héberger.

— Charity, un « trou paumé et mouillé » ? Elle devait être sacrément en pétard pour écrire un truc pareil ! fit remarquer Justin, qui avait entendu le directeur en parler avec son père, le sheriff du comté.

— C'est vrai, ça ne ressemble pas tellement à Miss Jeanny, répondit Hazel, avant de hausser les épaules.

Pour sa part, Miss Jeanny ne lui manquerait pas le moins du monde. Elle lui souhaitait sincèrement le pire du pire et de trouver d'autres cervelles fraîches et innocentes où planter ses banderilles empoisonnées. A force de noircir des kilomètres de papier avec tout ce que Miss (Calamity) Jeanny avait encore inventé pour lui pourrir la vie, Hazel avait frôlé l'aliénation mentale.

Elle était loin d'être la seule.

Que leur institutrice eût disparu, deux jours après l'inondation, après avoir coiffé son inénarrable chapeau à plumes d'aigrette et jeté ses deux valises en carton dans le coffre de sa vieille voiture, était en soi intrigant. Les habitants de Charity n'en avaient pas moins accueilli la nouvelle avec un tranquille fatalisme. En d'autres termes : bon débarras !

Du reste, Hazel avait d'autres sujets de préoccupation, qu'elle préférait garder pour elle.

Depuis quelques nuits, un terrible cauchemar la réveillait en sursaut et lui donnait l'impression, le reste de la journée, d'avoir un pic vert s'acharnant sur son crâne. C'était toujours le même rêve : elle voyait des empreintes de boue remonter du lac Katrine à sa cabane, puis à leur maison. Elle savait à qui elles appartenaient : la dame du lac qui, dans son rêve, se confondait avec la silhouette entraperçue devant chez elle, juste après l'inondation.

Quand elle se réveillait en pleine nuit, le cœur battant et terrorisée, elle comptait littéralement les heures la séparant du petit-déjeuner, où les rires magiques de Teresa et d'Alan agissaient alors comme des attrape-rêves.

Ce fut presque avec soulagement qu'elle accueillit la rentrée scolaire et son changement d'école, puisqu'elle entrait à la Junior High School. Et quelle joie, *Jackpot-Bingo-Boum*, de retrouver chaque matin ce bon vieux Justin, dans le bus jaune qui les conduisait de l'autre côté du lac Katrine, à Franklin !

— Comment se passent vos cours, dans votre nouvelle école ? leur demanda Alan, une semaine après la rentrée des classes.

Ils étaient installés sous le porche des Conway, Alan fumant dans une vieille chaise à bascule, tandis qu'Hazel et Justin préparaient leurs appâts pour la pêche et que Tim feuilletait une bande-dessinée.

— Ca se passe rudement bien, Monsieur Conway, répondit Justin. Hazel a déjà réussi à se faire remarquer par la prof d'anglais, Mrs Thorn.

— Ah bon ? fit Alan, en dissimulant un sourire amusé dans le nuage de sa cigarette.

— N'importe quoi, maugréa Hazel, en jetant un regard d'avertissement à Justin, qui bien entendu l'ignora :

— Elle a parlé de vous, Monsieur Conway ! Vous êtes maintenant une célébrité, à Franklin.

Le balancement de la chaise d'Alan s'interrompit et Hazel rougit, en sentant le regard surpris de son père adoptif sur elle :

— En vrai, Dad, je n'ai pas vraiment parlé de toi, mais de ce qu'il y a dans ton cabanon, près du lac.

— Dans mon cabanon ? fit Alan, en ouvrant des yeux ronds.

— Oui, il fallait qu'on décrive un lieu et ce qu'il évoquait pour nous. Alors j'ai parlé de ce cabanon, où tu veux jamais qu'on aille jouer, soi-disant parce que c'est plein d'objets coupants et de trucs sales.

Alan semblait désormais embarrassé et même inquiet :

— Soi-disant ? Hazel, viens-en au fait. Qu'as-tu encore imaginé ?

Hazel soupira, avant de répondre à contrecœur :

— J'ai dit que tu étais en réalité un ufologue au service du gouvernement et que tu cachais une soucoupe volante ramenée de Corée.

— QUOI ? s'exclama Alan, qui ne cherchait même plus à cacher sa stupéfaction. Mais où est-ce que tu as été pêcher une histoire pareille ?

— De là ! s'écria Tim, en brandissant son magazine, sur lequel s'étalait un titre en lettres verts : LES MARTIENS ATTAQUENT.

— Depuis quand vous intéressez-vous aux ovnis ? demanda Alan, qui semblait hésiter entre le fou rire et la consternation.

Les trois jeunes gens échangèrent un regard entendu :

— Donc, tu reconnais, Dad, que j'ai vu juste et qu'il y a bien une soucoupe volante dans le cabanon près du lac ? demanda Hazel, d'un ton précautionneux.

Le rocking-chair interrompit son balancement, tandis qu'Alan se penchait vers sa fille avec un air grave et solennel :

— Hazel, tu as ma parole : il n'y a pas le moindre ovni ou véhicule extra-terrestre dans cette fichue bicoque, dit-il, avant de se retourner vers Justin : Garde ces sornettes pour toi, mon garçon, je ne voudrai pas avoir d'ennuis avec le sheriff.

— M'sieur Conway, avec tout le respect qu'je vous porte, faudrait pas me confondre avec Kimmie Colson ! s'insurgea Justin.

— Alors pourquoi tu ne veux pas nous montrer ce qu'il y a dedans ? insista Hazel, en jetant un regard déçu à la couverture grimaçante du magazine LES MARTIENS ATTAQUENT.

Alan étouffa un rot dans son poing et se moucha bruyamment :

— Imaginez que ce qu'il y a dans ce cabanon soit comme un cadeau au pied du sapin, finit-il par dire. Il est gros, il prend de la place, mais quand vous l'ouvrez, il n'y a qu'une vieille chaussette à l'intérieur. Que diriez-vous ?

— Que je me suis bien fait avoir ! dit Justin.

— Oh ! fit Hazel, comprenant tout à coup. Tu veux dire par là qu'on serait déçus, si on savait ce qu'il y a dans ce cabanon et qu'il vaut mieux l'imaginer ?

— Exactement, fit Alan. Tu as eu combien, pour ton devoir, Hazel ?

— Mrs Thorn m'a donné un A, mais elle a dit que mon devoir lui avait flanqué une frousse de tous les diables.

— Eh bien, Hazel, laisse-moi te dire que ce qu'il y a dans cette cahute près du lac ne vaut pas un A, ni même un C ou un D moins. Tu vois, tu as réussi à construire un univers parallèle avec un ramassis de toiles d'araignées et de crottes de souris.

— Et alors ? fit Tim, l'air abattu, son magazine LES MARTIENS ATTAQUENT en berne au bout de son bras abattu.

— Et alors, les plus belles histoires ne découlent pas toujours de la réalité, sinon les faramineries n'auraient pas lieu d'exister. Et maintenant, laissez ce bon vieil Alan Conway faire sa sieste et rêver qu'il y a un moteur de mille chevaux martiens dans son cabanon.

Par la suite, Alan demanda à Hazel de lui rapporter ses devoirs d'anglais. Il les lisait alors à voix haute, avec un mélange d'incrédulité et de jubilation, qui donnait à la fillette l'impression d'exister au-delà des limites habituelles de sa petite personne.

Elle n'était plus alors seulement Hazel, cette fille amputée d'elle-même, mais un être particulier, capable de faire bondir des idées et de pousser ses personnages à de rocambolesques extrémités.

Chapitre 11

Hazel mit une bonne année, avant de découvrir enfin ce qu'abritait le cabanon d'Alan.

Cela arriva par une belle journée de l'automne 1963, alors qu'elle revenait de l'école à pied, ayant raté le bus scolaire jaune supposé la ramener de Franklin à Charity. Cela prenait un bon bout de temps, mais le chemin qui longeait le lac était plein d'endroits extraordinaires, où l'on pouvait observer la nature parée d'or et de rouge et rêver aux grandes choses à entreprendre plus tard.

Justin et elle adoraient s'asseoir sur la pierre-à-John-Smith et imaginer leurs aventures futures, tout en mâchonnant des bâtonnets de réglisse.

Aussi, quelle ne fut pas sa surprise de découvrir ce jour-là, assis sur la roche fétiche de Tim, Ed Woodworth, le directeur de l'usine, et son père !

Les deux hommes fixaient le lac en fumant, une flasque chacun à la main, Mr Woodorth ne cessant de toussoter, aussi rouge que s'il venait de croquer dans un piment de Virginie.

Quand Alan se leva, Hazel eut tout juste le temps de se cacher derrière une haie d'arbustes :

— Allons au cabanon, dit Alan à son patron, qui hocha la tête et lui emboîta le pas, après un dernier regard au lac.

Sans hésiter, la fillette se faufila à leur suite, prenant bien garde à laisser suffisamment d'espace pour ne pas risquer de se faire remarquer. Elle se sentait soudain l'âme d'une aventurière. Ou plutôt, d'un chef sioux. A moins... A moins qu'elle ne fut Pocahontas elle-même ?

Elle s'arrêta un instant, le cœur gonflé d'excitation, tandis que tout ce que lui avait dit Tim au sujet de la célèbre princesse indienne lui revenait d'un coup.

C'est ça, j'appartiens à la tribu des Patawomecks ! Mes mocassins en peau de loutre glissent silencieusement sur le sol, tandis que je suis la piste frétillante de deux hommes blancs. Et voilà que, regardez Mesdames-Messieurs !, je me faufile en catimini derrière ce vénérable tulipier qui, ma foi, ferait un très beau mât à totem où accrocher le scalp dégoulinant de Clara. Regardez-moi comment je me glisse derrière ce tronc à la manière de l'anguille scélérate, je suis complètement invisible grâce à l'esprit du grand sachem, je suis la femme-serpent, la fille-oiseau, mon ombre se confond avec le vent et je suis un monstre de ruses, personne ne...

— HAZEL ?

La jeune fille s'immobilisa, retenant sa respiration. Elle n'avait rien à craindre, elle était invisible.

— Qu'est-ce que tu fiches là ? Tu veux bien sortir de derrière cet arbre ? Je vois ta salopette rouge d'ici.

Hazel se décida enfin à obéir, dépitée. N'était pas Pocahontas qui voulait.

— Qu'est-ce que c'est ? demanda-t-elle, en désignant les contours de l'énorme machine émergeant de la pénombre du cabanon.

— Hazel, tu devrais être à la maison ! dit Alan, en fronçant les sourcils.

— Et toi, à l'usine, Dad ! rétorqua la fillette, du tac au tac. Et vous aussi, Mr Woodworth.

— HAZEL ! s'écria Alan, en coulant un regard gêné vers son patron.

Mais Ed Woodworth semblait surtout amusé :
— Bonjour, Hazel.
— Bonjour, Mr Woodworth. J'imagine que vous êtes ici afin de voir la machine pour aller sur Mars.

Le visage d'Ed Woodworth prit une curieuse expression et Hazel commença à regretter d'être venue – les colères du patron de l'usine de filature, pour rares qu'elles étaient, étaient homériques et connues de tout Charity. Elle ferma les yeux, invoquant les pouvoirs des Powhatans pour disparaître sous terre.

Un bruit curieux lui fit rouvrir un œil prudent, puis le second : les deux hommes riaient à s'en tenir les côtes.

— Une machine pour aller sur Mars, c'est exactement ça, s'exclama Ed Woodworth, à l'intention d'Alan, hilare lui aussi – et surtout, soulagé. Avec ça, tu décolles sec, ça c'est sûr !

Puis il se tourna vers la petite fille et lui fit signe d'approcher :
— Tu as raison, ce que ton père fabrique ici permet de voyager. De se télé-transporter dans le temps, même. Avec ton père, on aime bien retourner à Crèvecœur.
— Crèvecœur ? C'est où ?
— C'est un endroit situé dans les Monts près du Ciel, en Corée, Hazel, intervint Alan. Ed et moi, on y a fait la guerre, il y a dix ans de ça.
— Ce que ton père ne dit pas, fit Ed Woodworth, c'est que je lui dois une fière chandelle. Là-bas, il m'a sauvé la vie et nous sommes devenus amis. Avant, je le prenais pour un

enquiquineur, parce qu'il aimait bien venir mettre la pagaille à l'usine de mon père, avec le sien.

— Ce n'est arrivé qu'en 34, rétorqua Alan et les conditions étaient difficiles, pour nous autres. J'étais juste un gosse.

— N'empêche, fit Ed à l'intention d'Hazel, ton père était déjà une fichue tête de mule. Plus tard, à l'adolescence, il s'est mis en tête de distiller et j'ai commencé à lui rendre visite. Je le prenais pour une canaille, mais une canaille qui fabriquait le meilleur whiskey de toute la Virginie.

— On est quand même loin du trafic des frères Bondurant, pendant la prohibition[6] ! rétorqua Alan. Je vois pas le sheriff me tirer dessus comme ces types de Maggodee Creek!

En pénétrant à l'intérieur du cabanon à la suite des deux hommes, Hazel découvrit une monstrueuse machine, composée d'une quantité ahurissante de tuyaux ronflants et d'alambics glougloutant. La forte odeur qui en émanait lui fit froncer le nez et lui rappela le produit que l'infirmière de l'école utilisait pour désinfecter leurs plaies.

Alors ça, quand Tim va savoir ça ! Il va être bien déçu.

— Le meilleur remède aux bobos de l'âme ! s'exclama Ed Woodworth, avec l'air de quelqu'un qui sait de quoi il parle. Sans ça, j'aurai divorcé au moins sept cent fois.

Alan soupira :

— Eddie, si vous pouviez éviter de lui mettre certaines idées dans la tête…

— Tu as raison, Conway. La seule chose que tu as à retenir de cette visite, petite, c'est que ton père a sauvé la vie de ce

---

[6] Les frères Bondurant étaient de célèbres distillateurs en Virginie Occidentale. Ils ont été blessés et arrêtés par un sheriff à Maggodee Creek le 20 décembre 1930.

bon vieil Eddie et que celui-ci lui en sera redevable jusqu'à sa mort.

Une heure plus tard, Ed Woodworth prenait congé avec la promesse, pour Alan, de livrer un plein jerricane de son alcool de contrebande.

Quand Hazel monta dans le vieux pick-up Chevrolet, Alan se racla la gorge :

— Hum, je crois qu'il serait préférable de ne rien dire à Teresa.

— Pourquoi, sinon elle te scalpe ? demanda Hazel, qui gardait encore un peu de Pocahontas en elle.

— Oui, quelque chose dans ce goût-là, sourit Alan.

— Alors, tu as ma parole, Dad, je ne lui dirai rien.

Hazel devait garder de cette après-midi un sentiment mitigé.

Certes, elle était contente d'avoir élucidé un double mystère : la nébuleuse origine de l'amitié entre Alan et le père de Clara, ainsi que la fonction réelle du cabanon, qui dissimulait une distillerie clandestine.

Au fond, rien de bien délirant, même pas l'ombre du début d'une faraminerie. Elle ne pouvait s'empêcher de regretter la machine pour aller sur Mars, à laquelle Tim, Justin et elle avaient cru dur comme fer.

Alan avait raison, lorsqu'il prétendait que certains secrets méritaient bien de le rester.

Chapitre 12

Un beau matin de 1965, peu avant ses quatorze ans, Teresa décréta qu'Hazel était désormais une jeune fille et qu'il fallait adapter sa garde-robe à sa nouvelle condition.

Un matin donc, Teresa et sa fille prirent le bus pour Franklin – foulard en soie et lunettes noires d'héroïne hitchcockienne pour l'une, salopette un brin élimée et tachée de vert aux genoux pour l'autre.

— Pourquoi ne va-t-on pas chez la mère de Kimmie ? demanda Hazel, d'un ton boudeur, tandis qu'elles descendaient du bus.

— Je me suis dit que nous pourrions passer un moment à Franklin entre filles, répondit Teresa, en retirant ses lunettes noires – un geste innocent, mais qui troubla suffisamment un pauvre automobiliste pour lui faire emboutir un panneau publicitaire.

« Aux petits bonheurs de Katie », le magasin de Franklin où Teresa l'emmena, était deux fois plus grand que celui de Marg Colson. Il proposait des modèles à la coupe moderne et même audacieuse pour leur petite ville.

Une heure plus tard, elles ressortaient, les bras chargés de sacs et riant aux éclats.

Teresa avait non seulement acheté un soutien-gorge, les bas en nylon, mais aussi une magnifique robe verte, des ballerines blanches et des gants en dentelle.

Elles passèrent le reste de la journée à déambuler dans les rues, s'arrêtant seulement pour déjeuner ou acheter des glaces.

— Pourquoi m'as-tu achetée cette robe ? finit par demander Hazel, déroutée par cette débauche d'achats. Ce n'est pas encore mon anniversaire !

— Non, mais c'est celui de Clara.

Soudain, un nuage large comme l'Alabama passa devant le soleil.

— Pas question que j'y mette les pieds ! s'exclama Hazel, en retirant sa main de celle de Teresa, pour la glisser dans la poche de sa salopette.

Teresa prit un air doux et blessé. Ce même air qui faisait toujours plier Alan les rares fois où ils se disputaient et qui, Hazel le savait, la ferait plier, elle aussi.

— Hazel, cet anniversaire est l'occasion de te faire des amies : tu ne peux pas continuer de t'habiller en garçon et de jouer avec Tim et le fils du sheriff comme une gamine ! Et puis, je suis certaine qu'avec cette belle robe, les filles de ta classe te verront autrement.

Elle fit une pause avant de reprendre fermement :

— Quelquefois, Hazel, il faut faire un effort, accepter d'aller vers les autres. Tu verras, c'est moins difficile que tu ne le penses.

Soudain, Hazel se pencha en avant et vomit l'intégralité de ce qu'elle avait avalé au cours de la journée. Teresa lui tint le front, tandis qu'elle hoquetait pitoyablement. Puis elle lui tamponna doucement les tempes avec son mouchoir en soie, visiblement émue :

— Si ça doit te rendre malade, Hazel, je ne te forcerai pas à y aller.

Hazel s'essuya la bouche du revers de la main, mortifiée.

— C'est bon, j'irai, si ça peut te faire plaisir, se força-t-elle à articuler.

— C'est vrai ? s'exclama Teresa, rayonnante. Allons, tu es une brave petite ! Alan s'entend bien avec Ed, moi, avec Bettie et ce serait formidable si, Clara et toi, vous pouviez devenir amies ! Bettie voudrait que nous partions tous ensemble à la mer l'année prochaine.

Mamma mia. Hazel dut se pincer à travers la poche de sa salopette pour s'empêcher de gémir : *Des vacances avec Clara ?? Plutôt mourir.*

Juste au moment où elle s'apprêtait à revenir sur sa décision, Teresa eut un geste impulsif qui les surprit toutes les deux. Elle la prit dans ses bras et l'embrassa.

Avec elle, les épanchements en public étaient rares : s'il lui arrivait de se montrer tendre avec Hazel, c'était toujours avec une sorte de réserve.

Elles se regardèrent, gênées, avant d'éclater de rire en même temps et Hazel renonça à lui avouer à quel point la fille de sa meilleure amie la détestait.

C'était une erreur.

Chapitre 13

Le matin de l'anniversaire de Clara Woodworth, Justin rejoignit Hazel dans sa cabane.

Elle lui annonça ainsi la triste nouvelle :

— D'après Teresa, je suis trop vieille pour jouer encore dans cette cabane avec Tim et toi.

— Quoi ? fit Justin, avec colère. C'est débile !

Hazel se dressa d'un bond dans la cabane, manquant de se cogner la tête contre le toit :

— Ne traite pas ma mère de débile !

— Je ne la traite pas de débile, dit calmement Justin. C'est ce qu'elle dit qui l'est. Il y a une nuance de la taille, genre, d'un hippopotame, ajouta-t-il, en écartant les bras.

Mais la jeune fille n'était pas d'humeur à plaisanter :

— Bon, de toute façon, tu ferais mieux de déguerpir maintenant, Justin ! Il faut que je me prépare pour ce stupide anniversaire.

Peu avant seize heures, Alan déposa Hazel devant la maison de Clara.

La jeune fille étrennait la fameuse robe verte achetée à Franklin et un air tout à fait lugubre.

— Hazel, ça va bien se passer, l'encouragea Alan. Avec un peu de chances, la choucroute de Bettie va prendre feu quand elle va apporter le gâteau et tu auras quelque chose de drôle à nous raconter ce soir au dîner !

Hazel esquissa un pauvre sourire et pénétra à l'intérieur de la grande maison des Woodworth.

Une soubrette, robe noire et tablier blanc, l'accueillit avec un verre de citronnade, avant de la conduire dans le grand salon. Là, une vingtaine de jeunes filles, vêtues pour un télécrochet, jouaient nerveusement avec leur paille, cherchant des yeux la reine du jour.

La mère de Clara mitraillait l'assistance avec un appareil photo de la taille d'un V8, tandis qu'un orchestre dans un coin de la salle interprétait des airs à la mode.

Enfin, sur un battement de tambour, Clara fit son entrée, toisant ses invitées tel un despote ayant droit de vie et de mort sur ses sujets. Elle portait une robe qui lui donnait dix ans de plus, facile :

— Ma mère l'a faite venir de Paris exprès. Il a fallu des milliers d'heures rien que pour faire la dentelle. Elle a coûté un bras.

— Celui de la couturière, à tous les coups, murmura Hazel.

Heureusement pour elle, Clara ne l'entendit pas, mais Kimmie, si. Elle jeta un regard dédaigneux à la robe d'Hazel :

— Au moins, elle ne prétend pas l'avoir achetée chez ma mère, elle !

Hazel haussa les épaules, se retenant de lui rappeler qu'elle avait aidé à déblayer le cloaque qu'était « Chez Marg Colson », la boutique de sa mère, juste après l'inondation :

— Je n'ai rien prétendu du tout. Pour ma part, je déteste porter des robes.

— En tout cas, ça ne se fait pas, siffla Kimmie, avec hargne. Je le dirai à ma mère et elle cessera de faire des ristournes à la tienne.

— Comme c'est dommage, fit Hazel, du tac au tac. On comptait justement aller dans sa boutique pour s'habiller pour Halloween.

— Mais ma mère ne fait pas de dégui... commença Kimmie, avant de comprendre :

— Oh !

Elle prit un air offusqué et fit volte-face pour rejoindre un groupe de filles. Quelques minutes plus tard, elles lorgnaient toutes la robe d'Hazel avec insistance.

— J'hésite à vous jeter un verre d'eau, fit une voix derrière elle.

Hazel détourna les yeux de ses camarades pour regarder le garçon qui venait de lui adresser la parole. C'était le guitariste de l'orchestre, un jeune Noir légèrement plus âgé qu'elle et très beau.

Sa phrase était particulièrement audacieuse, dans un état où la couleur de peau décidait à la fois de votre intégration dans la société et de votre avenir.

— Si leurs regards en avaient le pouvoir, elles mettraient le feu à cette belle robe verte, s'empressa-t-il d'expliquer, en souriant. Je voulais juste prévenir un incendie, ajouta-t-il, en levant son verre d'eau.

Hazel éclata de rire et se détendit un peu. Elle passa le quart d'heure suivant à discuter avec le jeune musicien : il s'appelait David, avait trois ans de plus qu'elle et par son humour caustique, lui rappelait Justin Wilson.

Ils discutèrent jusqu'au moment où Clara, jaillie de nulle part, leur fondit dessus :

— On ne t'a pas payé pour discuter avec les invitées! lança-t-elle à David. Alors, soit tu arrêtes ton cake walk[7] et tu fais de

---

[7] Danse inventée par les esclaves du Sud des Etats-Unis pour imiter avec ironie l'attitude de leurs maîtres se rendant au bal.

la musique, soit tu disparais, au lieu de jouer les parasites à mon anniversaire !

David jeta un regard consterné à Hazel, qui lui adressa un sourire compréhensif. Comme le jeune homme rejoignait les autres musiciens avec un air penaud, elle tenta de plaider sa cause auprès de Clara :

— Il prenait juste une petite pause, Clara. Ce n'était pas méchant…

— Toi, mêle-toi de ce qui te regarde ! Ce Noir n'a pas su rester à sa place… et ça vaut pour toi, Hazel ! Toujours à traîner avec Tim le Zinzin, pff ! Tu n'aurais jamais dû être invitée, c'est uniquement parce que ta mère…

Juste à cet instant, le chanteur annonça au micro l'arrivée du gâteau d'anniversaire. Après un dernier coup d'œil agacé à Hazel, Clara lissa sa robe du plat de la main, puis s'avança au centre de la pièce avec un sourire suffisant.

Deux cuisiniers, en tablier et toque blanche, amenèrent une pièce montée, constituée de trois gâteaux recouverts d'un glaçage rose et de quatorze bougies.

L'échafaudage était si imposant que la soubrette dut apporter un petit escabeau, afin que la reine du jour pût souffler ses bougies.

— Sa majesté des pestouilles, murmura Hazel, en la voyant houspiller le pâtissier, parce qu'il ne coupait pas assez vite le gâteau à son goût.

Une fois les bougies soufflées et le gâteau bien entamé, Bettie revint dans le grand salon, avec un poulain blanc, qui fit pousser des cris d'envie aux jeunes filles présentes. Bettie prit encore quelques photos de l'assistance avec l'animal, puis Clara conduisit ses amies à l'étage. Hazel eut de loin préféré rester dans la salle de réception à discuter avec David, mais

Teresa s'était donnée du mal pour la faire inviter – Hazel préférait ne pas penser aux arguments qu'elle avait dû employer.

Elle suivit donc le cortège d'invités dans la chambre de Clara, inconsciente des mâchoires du piège qui se refermait sur elle.

Chapitre 14

Une fois dans sa chambre, Clara s'installa sur son lit – un rêve soyeux de jeune fille, avec ses colonnades blanches et son ciel de lit immaculé.

— Enlevez vos chaussures, ordonna-t-elle, je ne veux pas que vous salissiez ma moquette.

Les filles s'empressèrent de lui obéir, jetant des regards furtifs à la coiffeuse encombrée de flacons et à la penderie débordant de vêtements.

Après une brève hésitation, Hazel retira elle aussi ses chaussures.

Heureusement pour elle, juste avant de quitter la maison, elle avait filé ses bas et avait dû les remplacer par des socquettes. Celles-ci étaient suffisamment épaisses pour dissimuler son petit doigt de pied manquant.

Toute occupée à retirer ses ballerines, elle ne vit pas Kimmie refermer doucement la porte de la chambre derrière elle. En revanche, il eut été difficile de ne pas remarquer le silence à couper au couteau et tous ces regards convergeant soudain vers elle.

— Eh bien quoi ? J'ai un morceau de gâteau coincé entre les dents ? demanda Hazel, avec un rire forcé.

Elle jeta un coup d'œil à Kimmie qui, appuyée contre la porte, semblait lui en barrer l'accès. A ses côtés, Alessandra, une grande gigue aussi haute que large, semblait prête à… à quoi, au juste ?

Arrête de faire ta poule mouillée. Tu as grandi avec ces filles et même si elles ne sont pas exactement tes amies, tu n'as rien fait pour mériter une punition de leur part.

— Regardez Hazel, s'exclama soudain Clara, avec un petit rire méchant, regardez-la bien !

Hazel s'efforça encore de plaisanter :

— Oui, regardez-moi bien et profitez-en, parce que c'est la dernière fois de votre vie que vous me voyez en robe !

Quelques rires spontanés fusèrent, vite réprimés. Mais la plupart gardèrent le silence, les yeux fixés sur Clara.

Je pourrai presque les entendre se frotter les mains mentalement.

— Hazel a un vilain secret, déclara soudain Clara. Très, très vilain.

Puis elle se leva et commença à tourner autour de sa victime désignée – une manœuvre compliquée, étant donné la vingtaine de filles présentes. Cependant, cela eut l'effet escompté : toutes étaient suspendues à ses lèvres et, Hazel devait bien l'avouer, elle n'était pas non plus la dernière.

— Allez, Hazel, susurra-t-elle soudain à son oreille, tu ne veux pas enlever ta chaussette pour qu'on voie ce que tu y caches ?

Hazel pâlit et un filet de transpiration se mit à couler le long de son dos. Le coup de grâce ne tarda pas à venir :

— C'est ta mère qui l'a dit à la mienne ! Elle lui a confié qu'Alan et elle t'avaient repêchée dans le lac, qu'on avait dû t'amputer et que depuis, tu ne te souvenais plus de rien et que tu faisais encore pipi au lit ! Elle devait penser que ma mère aurait pitié de toi et qu'elle t'inviterait, mais maman l'a fait uniquement parce que mon père l'y a obligée. Qu'as-tu à dire de ça, Hazel ?

— Je… enfin, c'est absurde, je ne fais plus au lit ! fut tout ce qu'Hazel trouva à dire.

— Et ton pied, ce n'est pas vrai non plus ?

Hazel tourna les talons pour quitter la chambre, les larmes aux yeux.

Mais Kimmie et Alessandra lui barrèrent le passage, tandis que les autres filles se mettaient toutes à scander, d'une même voix :

— Allez, montre-nous, Hazel ! MONTRE-NOUS, MONTRE-NOUS, MONTRE-NOUS !

— Moins fort les filles ! ordonna sèchement Clara.

Le silence revint dans la chambre et Hazel en profita pour appeler de toutes ses forces les deux seules personnes susceptibles de lui venir en aide :

— BETTIE ! DAVID !

A ce moment-là, Clara rugit et une dizaine de filles se précipitèrent sur Hazel pour la faire taire. Elles la plaquèrent au sol, lui enfonçant, pour l'une, un coude dans les côtes ; pour l'autre, un coussin dans la bouche, tandis que Clara distribuait ses ordres, tel un garde chiourme :

— Tenez-la bien ! Et surtout, faites-la taire, je ne veux pas que ma mère rapplique ici !

Une vingtaine de mains maintenaient à présent Hazel au sol et c'est à peine si elle sentit qu'on lui retirait une chaussette puis l'autre.

Puis il y eut un nouveau silence, entrecoupé d'exclamations étouffées de dégoût et les filles s'écartèrent d'Hazel :

— C'est la chose la plus laide que j'aie jamais vue ! s'exclama Clara.

Hazel en profita pour ôter le coussin qui pesait sur sa bouche et se relever. Au milieu d'un silence glacé, elle ramassa ses chaussettes et quitta la chambre de Clara, le dos droit, s'efforçant de ravaler la honte brûlante qui déferlait.

Sur le pallier, elle faillit heurter Bettie, qui attendait immobile, dans le couloir :

— Tout va bien, Hazel ? lui demanda-t-elle, d'un ton impénétrable.

Rien dans son attitude ne permettait de dire depuis combien de temps elle était là, mais Hazel eut soudain la conviction que la mère de Clara avait assisté à toute la scène depuis le couloir. Dans son dos, elle pouvait encore entendre les chuchotements entrecoupés de ricanements des filles. *Demain, toute l'école sera au courant.*

— Pourquoi n'êtes-vous pas intervenue, Mrs Woodworth ? demanda-t-elle, la voix vibrante de colère.

Comme celle-ci se contentait de la fixer, le regard vide, Hazel la bouscula et dévala l'escalier.

C'était du reste inutile, car elle connaissant déjà la réponse. Aux yeux de Bettie Woodworth et de sa fille, elle était moins la fille de Teresa, que celle d'Alan, un simple fils d'ouvrier. A peine mieux qu'une bâtarde.

Chapitre 15

Après avoir quitté la maison de Clara, Hazel rentra à pied, lissant sa robe abîmée – Kimmie l'avait déchirée, en tirant dessus trop fort.

Parvenue chez elle, elle poussa silencieusement le portail et se dirigea au fond du jardin.

— Psst Psst.

Hazel se tourna vers la palissade et aperçut le visage de Tim, une tache blanche dans l'obscurité.

— Oh, Tim, je suis désolée, mon vieux, mais là je n'ai pas envie de parler.

— Hazel, je l'aie vue de nouveau. *Elle*.

La jeune fille soupira et retira une de ses ballerines pour se masser le pied.

— Vue qui ? demanda-t-elle distraitement.

En esprit, elle était déjà dans sa chère cabane et déversait sa colère impuissante dans les pages de son journal intime.

— Je l'ai vue. Pocahontas. Elle est de retour.

— Tim, fit patiemment Hazel, qui sentait une migraine sourde derrière ses tempes, Pocahontas est morte depuis plusieurs siècles. Quand bien même elle le voudrait, elle ne peut pas revenir.

— Et la machine de l'hyperespace ? Et si c'était son fantôme ?

— Il n'y a pas de machine de l'hyperespace, Tim. Les fantômes n'existent pas non plus. Va te coucher, Tim.

Ignorant le désarroi de son ami, Hazel retira son autre ballerine et grimpa à l'échelle de corde de sa vieille cabane. L'endroit exerçait toujours un effet apaisant sur elle.

Passé l'effet de sidération, elle s'empara de son journal et se mit à écrire, essuyant rageusement les larmes sur ses joues.

Pour une fois, cependant, l'écriture n'eut pas l'effet escompté : elle se coucha avec une boule au ventre et de manière prévisible, passa une très mauvaise nuit.

Les cauchemars n'étaient pas seulement de retour : ils avaient empiré.

La silhouette noire et terrifiante de son enfance avait cette fois quitté le lac et elle rampait à présent en direction de Charity, laissant une traînée noire et visqueuse derrière elle. Hazel essayait de crier pour prévenir les habitants, mais aucun son ne sortait de sa bouche.

Quand elle se réveilla, la jeune fille était en nage et son cœur tambourinait dans sa poitrine.

Clara et ses amies n'avaient pas seulement violé l'intimité d'Hazel, elles avaient réveillé en elle une part sombre et froide. Quelque chose qu'elle ne maîtrisait pas et qui était tapi en elle, depuis ce jour, près de dix ans plus tôt, où Alan l'avait sortie du lac.

Quelque chose de très vieux et glacé était remonté à la surface avec elle ce soir-là.

La nouvelle de son infirmité se répandit comme une trainée de poudre dans l'école : le nouveau surnom dont l'avait affublé Clara, Neuf-Doigts, devait l'accompagner jusqu'à la fin de l'année scolaire.

— Hazel, c'est vrai ce qu'on raconte ? lui chuchota Justin, en passant son bras autour de ses épaules, lorsqu'il l'eut rejointe dans le bus.

— Qu'est-ce qui est vrai ? Que je suis Miss Bancale 65? Je suppose, fit Hazel, en se dégageant de son étreinte amicale.

— Non, c'est pas ce que je voulais dire, fit Justin, vexé. Est-ce que c'est vrai ce que Clara et ses pestes de copines t'ont fait subir ?

Hazel sentit ses yeux s'embuer dangereusement :

— Et après ? Je m'en fiche, dit-elle crânement.

— Je l'ai prévenue que si elle continuait, elle s'exposait à de gros ennuis !

— Elle va se lasser, fit la jeune fille, en haussant les épaules. On n'a plus que quelques jours de cours et à la rentrée, on passe au lycée.

— Et alors ? fit Justin. Tu crois qu'il va lui pousser un cerveau pendant l'été ?

Malheureusement, l'avenir devait donner raison à Justin.

Durant l'été 1966, plusieurs animaux domestiques trouvèrent la mort dans des circonstances effroyables. Le chat de Kimmie fut retrouvé écorché sur la boîte aux lettres des Colson, ses yeux délicatement posés sur le rebord de la fenêtre de sa jeune propriétaire :

— C'est la première chose que j'ai vue ce matin-là, ses deux yeux qui me fixaient du dehors ! devait-elle confier, entre deux sanglots horrifiés, au policier qui s'était déplacé pour enregistrer sa déposition.

Puis ce fut au tour du ravissant poulain de Clara d'être retrouvé mort dans sa stalle, ses intestins formant des anneaux nacrés entre ses pattes raides. Le même policier qui avait reçu la plainte des Colson rapporta les soupçons de Bettie et Clara quant au véritable responsable du crime.

Quand Alan apprit à Hazel que Tim était en garde-à-vue, celle-ci poussa un cri de colère :

— Tim ne ferait pas de mal à une mouche !

— Ça, je le sais et ne t'inquiète pas, le sheriff le sait aussi. Il l'a fait uniquement pour dissuader Bettie de contacter le *Charity Post*. Il voulait gagner du temps.

— Bettie a accusé ce pauvre Tim d'être le responsable de ces horreurs ? fit Teresa, atterrée.

— Ne t'inquiète pas, ma chérie, Tim ne risque rien. Hank m'a confié ainsi qu'à sa mère que des examens étaient en cours. Il devrait être relâché d'ici ce soir et blanchi.

En effet, il apparut que le cheval de Clara avait été drogué avant d'être éventré.

— Le mode opératoire est bien trop sophistiqué pour un garçon comme Tim. Et en admettant qu'il sache où trouver ces produits, Tim serait bien incapable de les injecter à qui que ce soit.

Le soir-même, Hazel alla trouver Tim chez lui. Elle le trouva assis sous le porche, le regard dans le vide.

— Ça va, Tim ?

Les yeux du jeune homme s'emplirent de larmes :

— C'est pas moi qui ai tué le cheval, Hazel. Faut q'tu me croies.

— Bien sûr que je te crois, fit Hazel, d'un ton apaisant.

— J'aime les chevaux, jamais j'leur f'rai du mal ! Clara dit que je suis dangereux, tout ça parce que je suis un peu lent d'esprit. Mais j'y suis pour rien du tout !

— Je sais, Tim, fit Hazel, en lui caressant la joue et le garçon se laissa aller dans les bras de la jeune fille, éclatant en gros sanglots.

Emue, la jeune fille ne put s'empêcher de maudire silencieusement Clara.

— Moi, je te crois, Tim. Et Justin aussi. Mes parents et le sheriff aussi. Ta maman. On sait tous que tu n'y es pour rien.

Enfin, le grand garçon s'écarta du t-shirt taché de larmes d'Hazel et renifla :

— Je l'ai revue, tu sais.

— Qui as-tu revu ? demanda Hazel distraitement, en lui caressant les cheveux. A près de vingt ans et bien qu'il eut le corps d'un homme à présent, Tim ressemblait toujours à un oisillon tombé du nid.

— La femme aux cheveux noirs. Pocahontas.

Hazel sourit et cette fois-ci, ce fut elle qui se laissa aller dans les bras de son vieil ami. Elle eut voulu ne plus jamais grandir et continuer, comme Tim, de croire au retour des princesses indiennes.

Alors Tim murmura quelques mots dans les cheveux de la jeune fille, si bas qu'elle n'entendit pas :

— Sauf que c'était pas elle. Elle, méchante.

Si Hazel et Justin espéraient que l'été aurait apaisé les esprits, ils se trompaient.

Le premier jour de la rentrée, non seulement Clara et ses amies n'avaient rien oublié, mais elles étaient survoltées. Alors qu'Hazel et Justin entraient en cours, ils découvrirent sur le tableau un dessin représentant un pied monstrueux, avec pour légende : Neuf-doigts.

— Bandes de malades ! s'écria Justin, en apercevant l'odieuse caricature.

A ces mots, le ricanement de Clara s'arrêta net. Elle affecta un air vexé, tandis que Kimmie, compréhensive, lui tapotait le bras :

— C'est Tim l'écorcheur, le malade. Justin n'y est pour rien, mais Hazel est son amie, c'est sûrement elle qui l'a poussé à faire ça.

— Hazel n'y est pour rien et Tim non plus ! s'exclama Justin.

— Laisse tomber, Justin, fit Hazel, en allant s'asseoir à sa place, le dos bien droit.

Mais Justin s'empara d'une éponge et effaça rageusement le dessin du tableau.

Hazel s'efforça de garder un air impassible. Elle ne voulait pas avoir d'histoires avec la fille d'Ed Woodworth. Celui-ci avait beau être l'ami d'Alan, il restait son patron et elle ne voulait pas attirer le moindre ennui à son père.

Teresa en serait positivement malade, si elle l'apprenait.

Soudain, un gros garçon tira les cheveux d'Hazel :

— Alors, il paraît que tu fais toujours pipi au lit, Neuf-do…?

Il n'eut pas le temps de finir sa phrase, que déjà, Justin bondissait sur lui. Les deux garçons roulèrent à terre, au milieu d'un concert d'exclamations.

— Va-z-y, Justin !

— Ted, ne te laisse pas faire !

Soudain, la porte claqua derrière eux et une voix glaciale s'éleva :

— On peut savoir ce qu'il se passe ici ? fit Mr Randall, en pénétrant dans la classe.

Tout le monde se tut, impressionné par la voix et la stature de leur nouveau professeur de lettres.

Beaucoup de rumeurs circulaient déjà à son sujet. Quelques mois plus tôt, Robert Randall avait en effet quitté l'internat de jeunes filles où il enseignait pour se tourner vers leur établissement public, plus en accord selon lui avec ses

90

convictions sociales et politiques. On le disait très soucieux de ses élèves et ravi de s'installer dans une petite ville de province telle que Franklin, aussi désuète que discrète.

Alessandra Fanning leva la main, son geste repoussant la manche de sa chemise trop courte jusqu'au coude :

— C'est à cause d'Hazel, M'sieur ! s'exclama-t-elle, désignant la jeune fille livide.

Le professeur tourna un regard surpris vers celle-ci :

— C'est vous, Hazel ?

Hazel hocha la tête et ses yeux tombèrent sur Justin, qui maintenait Ted au sol. Du regard, il l'implorait de dire la vérité. Mais si elle parlait du dessin, elle savait qu'elle serait obligée d'accuser la fille du directeur de l'usine et elle ne pouvait pas faire ça à ses parents adoptifs.

— Oui, c'est moi, répondit-elle fermement. Alessandra a raison, tout cela est de ma faute. Justin n'y est pour rien, Mr Randall.

— C'est pas vrai, Hazel, bon sang ! s'exclama Justin. C'est à cause de cette peste de…

Mais le regard froid d'Hazel éteignit le prénom de la fille d'Ed Woodworth sur les lèvres de Justin. Mr Randall dut la conduire chez le proviseur, qui la renvoya chez elle pour le reste de la journée.

Chapitre 16

Cette nuit-là, Hazel rêva qu'une tête hideuse fendait l'eau du lac Katrine. Son visage et son cou, couverts d'algues, étaient visqueux et si décharnés, qu'ils semblaient n'avoir qu'une peau jaune et décomposée sur les os.

Dans son rêve, la créature finissait par atteindre la berge du lac et se hisser sur le sable, pour ramper ensuite à travers les bois, en direction de Charity.

Hazel ne pouvait rien faire, sinon assister à sa lente et effrayante progression jusqu'au vieux porche de leur maison.

Sous son passage, les marches en bois délabrées saignaient abondamment et des torrents de sang se déversaient jusqu'aux pieds d'Hazel.

Le lendemain, on retrouva le corps de Tim sans vie, sur sa chère pierre-à-John-Smith. Ses yeux vides contemplaient le ciel, semblant y chercher la réponse à une question connue de lui seul. Il avait reçu plusieurs coups à l'arrière du crâne et une pierre tachée de sang gisait dans l'herbe, un peu plus loin.

Hazel ne s'en remit jamais complètement.

Bien que très affecté, lui aussi, Justin fit tout son possible pour rendre le sourire à son amie. Un jour, dans le bus qui les conduisait à l'école, il lui tendit un présent, délicatement enveloppé dans un torchon à carreaux. Quand Hazel eut fini de déballer ce qui ressemblait à une vieille semelle calcinée, il expliqua :

— C'est une part du gâteau de ma mère. Il est censé être au chocolat, mais si tu n'aimes pas ça, ce n'est pas grave : tu n'as qu'à imaginer que c'est un morceau de rosbif ou de tourte aux champignons. L'intérêt de tout carboniser, c'est que ça donne le même goût à tous les aliments !

— Ah… c'est gentil. Tu remercieras ta mère de ma part, fit Hazel, en repliant le torchon sur la part de gâteau.

— Il ne vaut mieux pas, si tu veux mon avis ! Sinon elle risque de vouloir t'en préparer chaque semaine et sa cuisine nécessite un estomac averti, fit Justin, en se caressant le ventre.

S'il espérait la voir éclater de rire comme au bon vieux temps, Justin en fut pour ses frais. La jeune fille se contenta d'un pâle sourire et de reporter son attention vers le paysage, qui défilait au-dehors.

Justin l'ignorait encore, mais la mort de Tim – la manière dont son meurtrier l'avait laissé agoniser, en se vidant de son sang – avait sonné le glas pour Hazel d'une enfance insouciante.

A présent, son seul moment de paix était tout juste au réveil, quand son esprit embrumé tardait à faire la mise au point. Durant ces quelques précieuses secondes, Tim était vivant et la perspective d'une partie de pêche avec Justin et lui semblait merveilleusement possible.

Puis la réalité s'imposait durement à son esprit : Hazel se décomposait alors en mille morceaux. Après ça, il fallait bien ramasser tous ces minuscules éclats et se reconstituer un semblant d'être normal pour descendre prendre le petit-déjeuner.

Bonjour maman, bonjour papa, oui ça va. Juste un contrôle de maths, aujourd'hui. Oui, j'ai assez mangé et non, je n'ai plus faim. A vrai dire, je pense que je n'aurai plus jamais faim de ma vie et que tout aura toujours ce goût de cendres dans ma bouche. Je vous laisse, je dois aller au lycée et au retour, j'irai peut-être faire une trempette définitive au lac Katrine, pas loin de la pierre-à-John-Smith.

Elle n'y était retournée qu'une seule fois depuis la mort de Tim.

Cela n'avait pas été une bonne idée. Si la pluie de la veille avait lavé les traces de craie et de sang sur la pierre, des morceaux de ruban *do-not-cross* gisaient encore dans l'herbe, tels les reliquats jaunes et grotesques d'une fête à laquelle elle n'aurait pas été invitée.

Comme si cela ne suffisait pas, quand elle partait à l'école, elle entendait par-dessus la clôture la radio de la mère de Tim mise à fond.

Le crime de son fils étant resté non élucidé, elle avait fini par basculer dans une sorte de léthargie dépressive, ne sortant plus que rarement de la maison. Teresa et ses voisines se relayaient pour lui faire ses courses et Hazel déposa un jour sur ses marches un bouquet de fleurs qui y resta, jusqu'à ce que les tiges se cassent et les pétales se flétrissent.

Surtout, Hazel se reprochait de ne pas avoir été plus attentive, lors des derniers jours de Tim.

Il avait essayé à plusieurs reprises de lui dire quelque chose, mais elle était trop concentrée par l'examen de son propre nombril, pour y avoir prêté attention. Et à présent, elle le regrettait.

Oh oui, elle le regrettait vraiment.

Un jour, n'y tenant plus, elle posa à Justin la question qu'elle retournait dans sa tête depuis des semaines et qui l'empêchait de dormir :

— Peu avant sa mort, il m'a parlé d'une femme qu'il prenait pour Pocahontas. Tu penses que c'est important et que je devrais en parler à ton père ?

— Je peux lui en parler, si tu veux. Mais tu connaissais Tim, il voyait des Pocahontas partout.

Hazel eut un petit rire triste, qui se mua vite en sanglot. L'étreinte de Justin ne fut qu'un maigre réconfort, comparé au sentiment de culpabilité qui la taraudait.

Sa joie de vivre semblait l'avoir désertée.

Chapitre 17

Le printemps succéda à l'hiver, mais c'est en vain que Justin tenta de l'intéresser de nouveau à leurs activités favorites. Hazel ressemblait à un frêle esquif privé d'amarres qui se laissait porter par le courant et dérivait de plus en plus loin de lui.

— Pourquoi tu ne viens plus au lac ? lui demanda-t-il un soir, dans le bus jaune qui les ramenait de Franklin. Je te trouve bizarre, en ce moment.

— Bizarre comment ? demanda Hazel, le regard perdu dans le paysage qui défilait au-dehors.

— Ben… On dirait que quelqu'un t'a lavé le cerveau, comme dans « Les envahisseurs de la planète rouge ». C'est toi et en même temps, ce n'est pas toi.

Hazel leva les yeux au plafond :

— Oh, en ce moment, mon moi est assez fluctuant, fit-elle, en se levant à l'approche de son arrêt. Par exemple, là, j'ai bien envie de t'en coller une, mais à la place, je vais gentiment t'envoyer te faire voir chez tes amis les Martiens… et ton fichu lac aussi, par la même occasion !

Justin la regarda descendre du bus, incrédule, tandis que les autres élèves autour de lui se payaient sa tête. A supposer qu'il eut réellement cru à son histoire et besoin d'une preuve de lobotomie orchestrée par les petits hommes verts, eh bien, elle venait de la lui fournir.

Cette Hazel-là était inconnue au bataillon.

Du reste, il n'était pas le seul à avoir remarqué le changement d'attitude de la jeune fille : le professeur de lettres, Monsieur Randall, s'intéressait toujours de près à ses élèves.

A trente-neuf ans, ce discret professeur cultivait un charme distant qui plaisait surtout aux mères de ses élèves – une, en particulier : la mère de Kimmie, Marg Colson.

Non contente de s'enticher de lui, elle avait décidé de partir à sa conquête comme un alpiniste, de l'Everest. Elle l'avait submergé de tourtes et de pâtisseries, d'invitations à partager des Mint Julep dans son arrière-boutique et certainement aussi, sa passion pour les petites culottes en dentelles de Calais.

Devant l'insistance de Mr Randall à tout décliner poliment, Marg Colson voulut se racheter une vertu. Faute d'avoir planté son drapeau sur le crâne doctoral et clairsemé, elle accusa celui-ci d'abriter des pensées bolchéviques.

— Franchement, j'aurai mieux compris si elle avait prétendu qu'il était gay, avait confié Bettie Woodworth à Teresa.

Mais même ici, où tout le monde se mêlait des affaires de tout le monde, les opinions politiques d'un professeur de lettres ne pouvaient guère émouvoir que Marg Colson. Les gens ne parlaient déjà plus que de la guerre du Vietnam.

En réalité, la raison pour laquelle Robert Randall ne possédait pas de petite amie en titre n'avait rien à voir avec le fait qu'il fut gay, communiste ou même, tout ça à la fois.

Comme le Humbert Humbert de Nabokov, Mr Randall cultivait un goût très particulier pour les *Ver Gemmae* – les bourgeons de printemps. Aussi, par amour de la littérature et des très jeunes filles, Mr Randall sacrifia-t-il un jour à ses inclinaisons personnelles, en demandant à Hazel de rester un soir après son cours.

La mélancolie de la jeune fille, sa solitude et surtout, sa stupéfiante beauté ne lui avaient pas échappé.

— Hazel, tu as de réelles aptitudes, en écriture. J'aimerai que nous définissions ensemble un moyen de développer… ton talent, lui dit-il.

Il s'adossa à la porte qu'il venait de fermer. Hazel eut soudain la sensation que son professeur désignait par « talent » autre chose que la qualité des copies qu'elle lui rendait – quelque chose qui avait davantage à voir avec ses jambes fines et ses longs cheveux, par exemple.

Il rejoignit son bureau et lui fit signe d'approcher :

— Allons, ne reste pas plantée là, approche. Je ne vais pas te manger.

— Oui, Monsieur.

— Oui, Monsieur Randall.

— Oui, Monsieur Randall, répéta-t-elle docilement.

Il s'assit en soupirant et tapota son genou :

— Hazel, viens t'asseoir ici. Je vois bien que tu es préoccupée par quelque chose.

La jeune fille hésita, mais devant le regard sévère de son professeur, obéit à contrecœur. Certes, ce n'était pas une attitude normale envers une élève, mais elle avait peur de s'attirer d'autres ennuis. Elle s'assit en tremblant légèrement, prête à prendre la fuite.

Aussitôt, Mr Randall posa une lourde paume sur son genou ; quand Hazel voulut se lever, il l'obligea à rester immobile. Sa main entreprit alors de remonter jusqu'à l'ourlet de sa jupe, telle une araignée velue.

Juste au moment où elle allait disparaître sous sa jupe, un bruit spectaculaire se fit entendre dans le couloir, les faisant sursauter tous les deux. Le professeur releva la tête pour regarder en direction de la porte, d'un air contrarié : la jeune fille en profita pour sauter sur ses pieds et se précipiter hors de la classe.

Dans le couloir, elle faillit percuter Justin, qui ramassait les livres qu'il venait de faire tomber :

— Tout va bien, Hazel ?

Mais la jeune fille passa devant lui sans s'arrêter, ignorant par la même occasion Kimmie qui venait également de faire irruption dans le couloir.

Par la suite, elle refusa de rester après les cours et Monsieur Randall n'insista pas davantage. Il savait reconnaître ses proies et après réflexion, celle-ci n'était peut-être pas aussi aisée que ça à attraper. Les textes qu'elle lui avait rendus étaient prometteurs, mais il y avait aussi quelque chose de sombre sous cette surface lisse.

Oui, au vu de ses écrits, ce joli visage n'était pas sans abriter une certaine noirceur.

Ce soir-là, Hazel examina attentivement son reflet dans le miroir de la salle-de-bain. Tout le monde s'accordait à dire combien elle était jolie. Combien ses cheveux étaient magnifiques.

Elle se souvint du regard insistant de Mr Randall pendant les contrôles ; de l'expression contrariée de Clara quand il lisait ses rédactions à haute voix. Et enfin, de la manière dont il avait relevé sa jupe, quand il l'avait forcée à s'asseoir sur ses genoux.

Elle saisit vivement les ciseaux à couture de Teresa qu'elle avait pris avec elle et sans hésiter, attrapa une grosse mèche de cheveux.

Quand elle descendit dans la cuisine le lendemain pour le petit-déjeuner, Alan manqua de s'étouffer avec son café… mais le regard de sa femme lui cloua le bec.

Teresa s'approcha de sa fille et peigna ses cheveux courts du bout des doigts :

— Je pensais justement passer chez le coiffeur ce matin. Tu vas venir avec moi et on lui demandera d'arranger un peu ça.

Quand Hazel retourna à l'école, elle dût subir le ricanement des filles et sentit leur regard peser sur sa nuque dénudée toute la journée. Quant à Mr Randall, il ne cessa de lui jeter des coups d'œil contrariés pendant tout le cours et lui mit un simple B au devoir qu'elle rendit ce jour-là.

A la pause de midi, Justin Wilson vint la trouver, alors qu'elle déposait dans son casier ses manuels de littérature anglaise :

— Ça va ? lui demanda-t-il, à la façon brusque des garçons de son âge.

— Oui, répondit-elle, étonnée de constater qu'au fond, c'était vrai.

Si l'agression de la veille avait été traumatisante, elle pensait avoir réglé la question en se coupant les cheveux.

— J'aime bien ta nouvelle coupe. On dirait Jane Seberg.

— Merci, répondit distraitement Hazel.

Soudain, Justin changea d'expression :

— Ne me dis pas que c'est à cause de Monsieur Randall que tu t'es coupée les cheveux ? C'est lui, n'est-ce pas, qui t'a demandé de rester après le cours ?

— Mais non, banane, c'était juste pour faire enrager Marg Colson ! répliqua Hazel et l'espace d'un instant, *jackpot-bingo-boum*, Justin eut l'impression que sa meilleure amie était de retour.

— Non, je suis sérieux, Hazel. C'est un malade, ce type ! Je ne sais pas pourquoi, mais quand je le vois te regarder comme ça pendant le cours, j'ai envie de lui voler dans les plumes.

La jeune fille s'arrêta pour le regarder :

— Tu as fait exprès de faire tomber tes livres, n'est-ce pas ?

Justin eut un sourire canaille :

— J'ai toujours été maladroit.

— A d'autres !

Chapitre 18

En 1967, toute l'année consista pour Hazel à un savant jeu de l'autruche.

En gros, cela revenait à ignorer les brimades de Clara et de ses copines, les notes rétrogrades du Pr. Randall et, ce qui était nouveau, les dragouilleries de Justin, dont les hormones s'étaient mises depuis peu à jouer au flipper.

Celui-ci, à force de lancer quantité d'invitations et de les voir toutes retomber comme les tentatives de soufflé de sa mère, ne vit pas d'autres solutions que de passer à l'offensive :

— Clara m'a demandé de l'accompagner pour le bal de promotion, lui annonça-t-il, deux semaines avant la date fatidique.

Hazel ne put retenir un sourire compatissant :

— Mon pauvre !

— C'est exactement ce que je me suis dit. Et après, j'ai trouvé une super parade ! Je lui ai dit que j'y allais avec quelqu'un d'autre.

Hazel hocha la tête, guère surprise. En l'espace de quelques mois, Justin Wilson était devenu un très beau garçon, dont le sourire Ultrabrite faisait des ravages chez la gent féminine. A commencer par Kimmie, qui le suivait partout comme un petit chien.

— Du coup, tu y vas avec qui ? Avec Kimmie ?

Justin roula des yeux, comme s'il n'avait jamais rien entendu de plus comique :

— Mais non, j'y vais avec toi !

— Moi ? fit Hazel, bouche-bée. Mais qu'est-ce que je viens faire là-dedans ?

— Bon sang, Hazel, tu es ma meilleure amie ! A ce titre, tu peux bien me rendre un service. Et tu sais, je me débrouille pas mal en danse, ajouta-t-il, avec un sourire charmeur.

— Désolé, Justin, je suis sûre que c'est le cas, mais là il faut vraiment que je rentre pour aider Teresa, fit Hazel, en coupant court à la discussion.

Et de planter là un Justin Wilson désemparé.

Toute cette histoire de bal aurait dû en rester là : une série de déconvenues adolescentes façon domino.

Mais Clara en décida autrement et cette fois-ci, les choses allèrent vraiment trop loin.

Un soir après le lycée, la fille des Woodworth suivit à distance Hazel avec sa Ford flambant neuve, une Falcon coupé bleue – son dernier cadeau d'anniversaire. Elle profita de ce que la jeune fille passait dans une ruelle peu fréquentée de la ville, pour monter sur le trottoir défoncé et lui barrer le passage.

La jeune fille se retrouva obligée de descendre sur la route, dont cette portion était inondée par les rejets de canalisations hors d'âge. Dieu seul savait depuis quand cette eau croupie stagnait là !

Une fois sur la route, Hazel voulut contourner la voiture pour remonter sur le trottoir, mais Alessandra descendit du côté passager et la repoussa violemment, la faisant trébucher.

Elle faillit s'étaler dans une grande flaque d'eau sale et dut se retenir au capot de la voiture pour ne pas tomber. Une bouffée de rage l'envahit, mais Alessandra ayant toujours l'air d'avoir avalé une armoire au petit-déjeuner, elle se contenta de soupirer :

— Franchement, Alessandra, tu aurais tes chances au concours de lancer de rondins ! On pourrait presque croire que tu as fait exprès de me faire tomber.

— Oh, mais je l'ai fait exprès, répliqua l'autre avec un sourire mauvais.

— Ah bon ? fit Hazel, en se massant le coude. C'est drôle, je croyais qu'il fallait un minimum d'intelligence pour préméditer quoique ce soit.

Alessandra rougit et se mit à mâcher férocement son chewing-gum, en respirant très fort. Mais Hazel la savait trop stupide pour être réellement dangereuse toute seule.

Non, il était évident que le cerveau du binôme était Clara : c'était une petite Shiva, une déesse carnassière, un bébé requin qui sentait le sang de loin et qui n'éprouvait d'empathie pour personne. Le genre de personne à qui l'on pouvait prédire un destin exceptionnel ou une mort précoce.

Ce qui n'était pas si loin de la réalité, en définitive.

De nouveau, Hazel essaya de contourner le capot rutilant. Mais Alessandra, plus vive que son tour de taille en accordéon et son regard de limande ne le laissaient présager, l'attrapa par l'anse de son sac :

— Minute, Miss fute-fute : Clara voudrait te dire quelque chose.

Hazel se tourna vers Clara avec un air las :

— Qu'est-ce qu'il y a encore ?

Mais Clara ignora sa remarque, la toisant avec mépris :

— D'après Kimmie, tu aimes bien rester après les cours avec Monsieur Randall. Je comprends mieux pourquoi tu as de bonnes notes !

— N'importe quoi. Tu ne sais plus quoi inventer pour me détester.

Pendant qu'elle lui parlait, Alessandra avait lâché l'anse du sac d'Hazel et celle-ci sentit soudain son gros bras lui faire une clé (*où diable a-t-elle pu apprendre un truc pareil ?*) et son pied lourd peser douloureusement sur son mollet.

L'instant d'après, elle tombait en avant, en plein dans la flaque putride, au-dessus de laquelle vrombissait une nuée d'insectes.

Hazel sentit sa cheville craquer sous elle et elle poussa un cri de douleur.

Elle tenta bien de se redresser, mais de nouveau le pied d'Alessandra s'abattit sur son dos pour l'empêcher de bouger – à présent, elle avait le menton au raz de l'eau et pouvait distinctement voir, à sa surface, les chapelets d'œufs pondus par les mouches. Clara se pencha et attrapa une mèche des cheveux d'Hazel si violemment, que la jeune fille hurla :

— Aïe, mais tu es complètement folle ! Je ne t'ai rien fait !

— Si, tu respires et c'est déjà trop ! Tu es toujours sur mon chemin, Hazel, TOUJOURS ! C'est à cause de toi, que Justin ne veut pas m'accompagner au bal de fin d'année.

Hazel eut du mal à retenir un fou rire. *Quoi ? Tout ça, pour ce fichu bal ?*

Au lieu de quoi, elle tenta de nouveau de se redresser, mais le pied d'Alessandra remonta encore sur son dos, juste au niveau des omoplates. Hazel avait à présent de plus en plus de mal à maintenir sa tête hors de l'eau. De minuscules moucherons pénétraient ses narines et ses yeux. L'odeur de l'eau croupie lui donnait des haut-le-cœur.

Soudain, la main de Clara lâcha ses cheveux pour se plaquer sur le sommet de son crâne. L'instant d'après, elle lui enfonçait de force la tête sous l'eau.

Pour Hazel, ce fut un tel choc, qu'elle n'eut pas le temps de reprendre sa respiration. Elle se mit immédiatement à suffoquer, tandis que l'eau saumâtre envahissait sa bouche et sa gorge, s'infiltrant jusque dans ses poumons.

L'espace d'un instant, son esprit sidéré cessa de fonctionner. Clara ne pouvait pas la noyer, comme ça, en plein jour ! Même si cette rue n'était pas fréquentée à cette heure-ci, n'importe qui pouvait survenir et les surprendre, accroupies derrière cet affreux coupé bleu bien trop clinquant pour Charity.

Si la fille d'Ed Woodworth était capable de prendre de tels risques, c'était qu'elle pensait pouvoir agir en toute impunité. Rien ne s'était jamais mis sur sa route, à part peut-être Hazel et à présent, elle en payait le prix cher. Dont acte.

Déjà, sa vision commençait à devenir trouble et l'air, à lui manquer. Le pied d'Alessandra sur son dos lui faisait atrocement mal et elle s'évertuait en vain à pousser de toutes ses forces sur ses mains pour se redresser. Clara assura encore sa prise, en s'asseyant à califourchon sur les épaules d'Hazel, qui comprit alors qu'elle allait mourir.

Soudain, une tempête glaciale se leva sous son crâne.

Un froid intense s'empara d'elle et ce qui s'était produit un soir de 1951 lui revint de manière fulgurante.

Chapitre 19

La neige avait recommencé à tomber.

La petite fille avançait péniblement, ses chaussons laissant de minuscules empreintes derrière celles, géantes en comparaison, de la femme qui la précédait.

Un temps, au début de la marche, elle avait bien essayé de mettre ses pas dans ceux de la femme, mais au bout d'un moment, elle s'était fatiguée. Ses enjambées étaient trop grandes, la colline qu'elles gravissaient, bien trop haute.

Tout en bas, la voiture avec laquelle elles étaient venues semblait si petite, que l'on eut dit un jouet. Le lac avait la taille d'un mouchoir de poche et sous la lune, sa surface figée semblait avoir été saupoudrée de sucre glace.

Epuisée, la fillette trébuchait de plus en plus et dans ses chaussons détrempés, ses pieds étaient désormais aussi durs que des glaçons. La femme était venue la chercher et, sans même lui laisser le temps d'enfiler ses bottines, l'avait entraînée à sa suite.

A présent, la petite fille sanglotait et essuyait, d'une main rouge de froid, la morve coulant de son nez. Elle voulait rentrer à la maison et se coucher. Elle ne ferait pas d'histoires, promis, ni ne s'amuserait à détacher le papier peint pisseux qui s'effritait, là où une fuite d'eau avait laissé une longue coulée brune sur le mur.

Comme elle aurait voulu être le petit héros de son conte préféré ! L'histoire d'un lapin, dont le pelage changeait de couleur selon les saisons, pour échapper au loup. Avec un petit manteau blanc, comme le lapin du conte, elle aurait pu disparaître dans l'immensité neigeuse.

La femme ne ralentissait jamais. De temps à autre, sa main tirait la sienne brusquement, la faisant trébucher.

Elle avait de longs cheveux, comme ceux de sa mère quand elle dénouait son chignon, de longues mèches qui voltigeaient autour de sa face grimaçante, telle une bourrasque sombre et inquiétante. Il y avait tant de visages sous cette surface mouvante : on eut dit que la chevelure servait à plusieurs masques, abritant autant de personnalités différentes. Certaines étaient joyeuses, comme celle de la femme qui avait décrété qu'elles iraient faire de la luge à la sortie de l'école, alors que la nuit commençait déjà à tomber.

A présent, il faisait nuit et la seule tâche de lumière était celle du lac, tout en bas, qui scintillait sous la pleine lune.

La fillette s'avisa soudain que la femme s'était arrêtée de marcher. Elle l'imita. Dans le silence de la nuit, on entendait seulement leur souffle court à toutes les deux et aussi, la neige qui continuait à craquer toute seule, même si elles avaient cessé d'avancer.

La femme posa sur le sol la luge qu'elle portait. Son visage était à présent grave, elle ne riait plus.

— Allez, dit la femme de sa voix rauque, en tapotant la luge pour qu'elle s'y assît.

La fillette regarda le lac, en bas, la pente infinie et drue qui l'en séparait. Elle se mit à pleurer. Elle n'était jamais montée sur une luge et ignorait comment s'arrêter ; elle sentait que si elle s'installait sur cette planche, elle finirait dans le lac et elle ne savait pas nager non plus.

L'eau devait être encore plus froide que la neige.

La femme saisit le petit visage plein de morve entre ses deux mains gantées (des gants de couleurs différentes, cette femme-là ne savait pas appareiller les choses par paires, ni les chaussures, ni les bas et encore moins les gants).

110

— Tu ne dois pas avoir peur. Il n'y a que les faibles qui ont peur ! Toi, tu vas glisser jusqu'en bas et après ça, tu n'auras plus jamais froid, je te le promets. Tu comprends ? dit-elle en lui secouant le menton.

Parce que la femme lui faisait mal, la petite fille se hâta d'opiner du chef. Elle pleurait tout doucement, à bout de fatigue.

Elle avait dû fermer les yeux pendant quelques secondes, car lorsqu'elle les rouvrit, elle était assise sur la luge. Elle sentait l'haleine chaude de la femme dans son cou, tandis qu'elle lui murmurait des mots sans suite, des paroles inquiétantes, mais qu'elle ne comprenait pas.

La terreur sortit la fillette de sa torpeur, elle parvint à bredouiller :

— Maman…

C'était un filet de voix, mais la femme l'entendit. Contre son dos, la fillette sentit ses muscles se relâcher imperceptiblement, comme le début d'une hésitation.

— Maman, parvint-elle à dire un peu plus fort, pleine d'espoir.

Après tout, elle était déjà parvenue à l'arrêter, peut-être n'était-il pas trop tard cette fois-ci encore ?

Un moment, elles restèrent ainsi, serrées l'une contre l'autre sous la lune. La neige brillait autour d'elles d'un éclat minéral. Si l'on faisait abstraction du froid et de l'incongruité de faire de la luge à la nuit tombée, elles formaient un tableau mère-fille idyllique.

Dans son dos, la petite fille sentait la femme hésiter, sa chaleur se communiquer à son corps menu et grelottant. Elle se laissa aller un peu plus contre sa mère, épuisée et pleine de larmes. Une minute s'écoula encore. Sa mère bougeant à peine, desserrant petit à petit son étreinte. La colère semblait la quitter, la preuve elle ne disait plus rien.

Et puis la chaleur de son haleine quitta la nuque de la petite fille.

Celle-ci ferma les yeux.

Elle sentit le vent fouetter ses cheveux, faire couler des larmes de froid sur ses joues, tandis que la luge prenait de la vitesse.

La petite fille ouvrit les yeux. Elle voyait le lac se rapprocher d'elle à toute vitesse. Elle pensa fugitivement au lapin du conte.

Elle aussi, bientôt, elle aurait un petit duvet blanc et serait invisible.

Chapitre 20

Soudain, le vent glacé cessa de siffler à ses oreilles et Hazel sentit le poids sur ses épaules s'envoler d'un coup. Puis une main la tira hors de l'eau, l'agrippant par le col. La jeune fille se retrouva à quatre pattes et aussitôt, se mit à vomir.

Elle entendit vaguement des cris derrière elle, un claquement de portière, le bruit d'une voiture qu'on démarrait, un crissement de pneus.

Hagarde, elle regarda autour d'elle, tentant de comprendre ce qui venait de se produire. Au bout de la rue, la silhouette brune d'une femme semblait courir derrière le coupé de Clara qui s'éloignait à toute allure.

Une voiture de couleur bordeaux s'arrêta brusquement à son niveau et l'embarqua.

A bout de forces, Hazel s'évanouit.

Quand elle rouvrit les yeux, la nuit tombait et elle jeta un œil hébété autour d'elle.

Il lui fallut une éternité pour rentrer chez elle, tant elle se sentait faible. Sa cheville blessée lui causait une douleur aigue.

Une fois à la maison, elle gagna discrètement la salle de bains et après avoir retiré ses vêtements encore trempés, se traîna sous la douche, frissonnante.

Tandis que l'eau brûlante ruisselait sur son corps, Hazel tentait de mettre de l'ordre dans son esprit. La tentative de meurtre à laquelle elle venait d'échapper avait étrangement réactivé sa mémoire, réveillant le souvenir de sa chute dans le lac.

Ainsi donc, elle n'était pas seule, ce soir-là. Une femme – sa mère ? – l'avait conduite en haut de la colline et de là, l'avait précipitée dans le lac. Et voilà qu'à présent Clara tentait de l'assassiner !

A se demander ce que j'ai pu faire dans une autre vie, pour qu'on ait à ce point envie de me tuer dans celle-ci.

Le lendemain, la douleur à sa cheville s'était estompée et elle se rendit au lycée, bien décidée à avoir une explication avec ses deux agresseuses. C'était Justin qui avait raison depuis le départ : elle n'aurait pas dû se préoccuper autant de la réaction de ses parents adoptifs. Clara et Alessandra avaient quand même été jusqu'à essayer de la noyer hier ! Il était temps de faire passer les intérêts des autres au second plan et de penser d'abord à sa pomme, sinon il n'y aurait bientôt plus qu'un trognon sur lequel pleurer. Si elle n'avait rien dit aux Conway la veille, elle n'entendait pas non plus se laisser massacrer sans réagir.

L'agression dont elle avait été victime la veille lui avait servi de leçon : la prochaine fois, il n'y aurait peut-être pas de bons Samaritains pour la sauver.

Mais bizarrement, ni Clara ni Alessandra n'étaient présentes ce jour-là.

— Salut Hazel, alors tu as réfléchi à ma proposition d'aller au bal ensemble ? lui demanda Justin, quand elle arriva devant la salle de son cours.

Heureusement pour elle, juste à ce moment-là, la voix du directeur de l'école retentit dans les haut-parleurs du couloir, appelant tous les élèves à converger vers le réfectoire, le plus calmement possible.

— C'est peut-être pour nous annoncer que Paul Anka va venir chanter au bal de l'école ! Vous imaginez, un peu ? s'exclama Kimmie, en passant devant eux, l'air excité.

Quand ils pénétrèrent dans le réfectoire, le directeur de l'école était déjà sur l'estrade et arborait un air grave :

— Installez-vous sans bruit, j'ai une annonce à vous faire et elle est difficile.

Les jeunes gens lui obéirent, intrigués par son ton, à la fois solennel et las.

Une fois qu'ils fussent tous installés, le directeur se gratta la gorge et prit une profonde inspiration :

— Je vous ai réunis aujourd'hui pour vous apprendre une bien triste nouvelle. Nos chères élèves, Mesdemoiselles Clara Woodworth et Alessandra Fanning ont malheureusement trouvé la mort dans un tragique accident de voiture survenu hier. Leur véhicule a quitté la route et s'est abîmé dans le lac. Nous exprimons toutes nos condoléances à Monsieur et Madame Woodworth, ainsi qu'à la famille Fanning.

L'ombre du directeur sur le mur derrière donna soudain l'impression à Hazel de grandir et d'épouser les sinistres contours d'une silhouette familière.

— Hazel !

La voix de Justin Wilson fut la dernière chose que la jeune fille entendit avant de s'évanouir.

Chapitre 21

Le lendemain, une petite foule de curieux regarda les pompiers sortir la voiture de Clara du lac. Les deux corps, repêchés la veille, avaient rejoint la morgue, où les parents avaient pu déjà les identifier.

Quand Kimmie arriva ce matin-là, elle était en retard, mais détenait une information essentielle :

— Vous ne devinerez jamais ce que j'ai vu ce matin ! s'exclama-t-elle, en rejoignant Justin et Hazel devant la salle de sciences.

Sans leur laisser le temps de répondre, elle enchaîna :

— J'habite à côté de l'endroit où Clara et Alessandra ont eu leur accident. Or ce matin, ils ont sorti une voiture de l'eau !

— C'est ça, ton scoop ? demanda Justin. Merci, on était déjà au courant. Il paraît qu'elle est partie directement à la casse, tellement elle était abîmée.

— Non, tu n'y es pas du tout ! s'écria Kimmie, au comble de l'excitation. Ils ont trouvé un autre véhicule, tout rouillé, non loin de celui de Clara. Dans le lac. Avec un cadavre encore derrière le volant et vous ne devinerez jamais de qui il s'agit ! Je vous le donne en mille ! De Miss Jeanny !

Hazel et Justin échangèrent un regard interloqué.

— C'est impossible ! fit Justin. Et la lettre qu'elle a envoyée de Charles Town au directeur de l'école élémentaire ?

Kimmie ne lui laissa pas le temps de réfléchir plus avant :

— Elle n'est jamais parvenue à Charles Town, pour la bonne et simple raison qu'elle n'a jamais quitté Charity !

— Mais alors, qui a envoyé cette lettre ? insista Justin.

— Tu ne comprends pas ? fit Hazel, d'une voix blanche. Elle a été assassinée. C'est pour ça que la lettre était bourrée de fautes ! C'est son assassin qui la envoyé à sa place.

Un vertige s'empara soudain d'elle et elle dut s'appuyer contre le mur. Kimmie, quant à elle, les avait déjà les abandonnés pour répandre la nouvelle autour d'elle.

Comme elle se laissait glisser au bas du mur, Justin s'accroupit à ses côtés et la força à le regarder dans les yeux :

— Ca ne peut pas continuer, Hazel ! Tu dois me dire ce qui te ronge comme ça !

Hazel prit une longue inspiration, avant de lui raconter d'une traite tout ce qu'elle savait. C'était trop lourd à porter et surtout, elle finissait par se demander si elle ne devenait pas folle :

— Tu ne comprends pas ? Miss Jeanny a manifestement été assassinée et à présent, Clara et Alessandra ont cet accident, juste après m'avoir agressée…

— Comment ça, juste après t'avoir agressée ? demanda Justin, d'une voix blanche. Quand ? Tu ne m'avais pas raconté ça !

— Oui, Clara a essayé avant-hier de me noyer. J'y serai sans aucun doute restée, si une femme n'était pas intervenue. Je ne crois pas qu'elle soit d'ici. Si ça se trouve, elle n'existe même pas et c'est moi qui suis en train de devenir folle ! gémit-elle, en se prenant le visage entre les mains.

— Pourquoi dis-tu ça ? Si tu prétends l'avoir vue, moi je te crois !

— Parce que cette femme, j'ai l'impression de la voir sans arrêt ! La première fois, c'était juste après l'inondation de Charity, tu te rappelles ?

— Tu veux dire au moment du prétendu départ de Miss Jeanny ?

Le visage de Justin s'éclaira :

— Tu penses que les deux sont liés ?

— Je ne pense rien du tout, gémit Hazel, en passant une main tremblante dans sa courte chevelure. Seulement, on dirait que toutes les personnes qui gravitent autour de moi trouvent la mort !

— Rassure-toi, petit nombril, je ne compte pas mourir, rétorqua Justin, avec un petit sourire. Tu sembles oublier que toutes ces personnes, je les connaissais moi aussi, idem les élèves de cette école et tous les péquins du lac Katrine.

Il fit une pause, avant de lui caresser la joue :

— Tu es juste fatiguée, Hazel. Je regrette que Clara ait trouvé la mort de cette façon, mais toi comme moi savons que ce n'était pas une bonne personne. Toi, en revanche, tu es belle…. Il lui tapota le crâne : …De l'intérieur, comme de l'extérieur.

Hazel renifla, essuyant une larme du dos de la main :

— Même avec cette coupe ?

— Même chauve, tu serais magnifique, Hazel, fit Justin.

Et il fit enfin ce qu'il rêvait d'accomplir depuis des années : il embrassa la fille la plus jolie du lycée.

Chapitre 22

Le mois suivant, les policiers interrogèrent les anciens élèves de l'école primaire, afin de chercher le moindre indice lié au départ de Miss Jeanny. Mais la disparition remontait à l'inondation de Charity et ce dernier événement avait éclipsé le premier dans l'esprit de tous.

La fameuse lettre écrite par Miss Jeanny, où elle qualifiait Charity de *«trou paumé et mouillé »*, fut glissée dans une pochette plastique par les enquêteurs et envoyé au laboratoire de police. Son examen minutieux ne permit de relever que les empreintes de son destinataire.

Il apparut cependant que les boucles de ses L et de ses F différaient totalement des autres écrits de Miss Jeanny. On en conclut qu'une autre personne (qui ?) l'avait rédigée, avant de la poster de Charles Town où, du reste, Miss Jeanny n'avait jamais eu la moindre famille.

Cependant, les policiers ne repartirent pas complètement bredouilles.

Un appel anonyme, sans lien apparent avec le meurtre de Miss Jeanny, les avaient attiré jusqu'au lycée de Franklin. Là, une fouille intempestive des vestiaires des enseignants révéla le secret (pour Hazel, de polichinelle) de Mr Randall : son goût prononcé pour les très jeunes filles. Les policiers retrouvèrent en effet une revue intitulée « Ballets roses » fort explicite dans les affaires du professeur de littérature, qui fut emmené au poste, sous le regard de ses élèves. Il eut beau jurer ses grands dieux n'avoir jamais vu ce magazine, personne ne le crut.

Un mois plus tard, on l'invitait poliment, mais fermement, à quitter la ville.

— Avec un bon coup de pied aux fesses, en réalité, fit Justin, qui avait entendu une autre version de l'affaire.

Le meurtre de Miss Jeanny ne fut jamais élucidé, quant aux morts de Clara et d'Alessandra, elles furent considérées comme accidentelles et classées sans suite.

Deux semaines plus tard, les Woodworth quittaient eux aussi la ville. Bettie n'était plus que l'ombre d'elle-même, délestée de sa célèbre coiffure choucroute et de ses cinq kilos de maquillage habituels.

Les ouvriers de l'usine devaient davantage regretter le discret Ed, qui tint à les remercier de leur travail en leur offrant une caisse de whisky – une gnôle à la provenance douteuse, mais excellente.

Les vacances d'été arrivant, l'accident de Clara et d'Alessandra entraîna la fermeture anticipée du lycée de Franklin.

Justin trouva un travail de pigiste au *Charity Post*. Le journal l'envoya même couvrir l'enterrement au cimetière national d'Arlington d'un jeune militaire Noir originaire de Franklin, musicien dans le civil et tué au Vietnam : David C.

Il essaya à plusieurs reprises de rentrer en contact avec Hazel, mais la jeune fille s'arrangeait toujours pour esquiver ou écourter leurs discussions, prétextant du travail « chez *Paddie's* », où elle avait été engagée comme serveuse.

Bien sûr, il arrivait parfois à la jeune fille de repenser à leur baiser, mais elle s'efforçait vite alors d'occuper son esprit à d'autres tâches. Elle ne s'était toujours pas remise de l'agression de son professeur et ressentait un mélange de honte et de culpabilité. Les morts de Clara et d'Alessandra, ainsi que la découverte du corps de Miss Jeanny, étaient quant à elles aussi traumatisantes qu'inexplicables.

Heureusement, son nouveau travail était très physique et le rythme tel, qu'elle ne dormit jamais aussi bien que durant cette période.

Il faisait bien souvent déjà nuit, quand elle repartait du restaurant et les grandes baies vitrées lui renvoyaient son reflet épuisé, tandis qu'elle s'activait pour la fermeture. Un soir, alors qu'elle achevait de passer le balai entre les tables et regardait machinalement au-dehors, les phares d'une voiture éclairèrent une longue et fine silhouette, aux cheveux de jais.

Hazel eut si peur, qu'elle en laissa choir son balai de saisissement. Le temps de le ramasser, et la forme sombre avait disparu. Elle aurait pourtant juré avoir déjà vu cette silhouette brune et décharnée.

Faute de la revoir cependant au cours de cet été-là, elle finit par se convaincre qu'elle avait rêvé.

Chapitre 23

A la rentrée, le poste de Mr Randall avait trouvé un nouveau titulaire et pas n'importe lequel : le nec plus ultra ès lettres.

Le Professeur Andrew Flannagan alliait une culture encyclopédique à une retenue toute *british*, excluant le moindre soupçon de familiarité avec ses élèves. On n'aurait pu rêver de quelqu'un de mieux pour effacer le triste souvenir de son prédécesseur.

Surtout, le Pr. Flannagan allait être l'instrument en tweed du destin.

En proposant aux élèves de travailler en binôme sur Milton et Shakespeare, il contribua en effet à l'inévitable, improbable Cupidon à coudières.

La réalisation de son projet ambitieux reposait, semble-t-il, sur des appairages d'élèves aussi audacieux qu'exotiques, les talents des uns devant selon lui pallier les lacunes des autres.

— Retenez qu'il est toujours instructif de voir les choses au travers d'autres yeux que les siens, énonça-t-il d'un ton sentencieux, mâtiné d'un fort accent de Cambridge.

Mais lorsqu'Hazel l'entendit associer son nom à celui de son ancien ami, elle rêva brièvement de réveiller quelques fantômes de la guerre d'indépendance et autres esprits nostalgiques du Tea Party.

Cerise sur le gâteau cramé de la vie, son regard croisa à l'autre bout de la classe celui, plein de haine, de Kimmie. *Misère.*

— On dirait bien que tu vas devoir me supporter, dit Justin, en s'installant à côté d'elle.

En réalité, le jeune garçon n'en menait pas large.

Tout l'été, il l'avait attendue en vain des heures entières là où ils avaient l'habitude de pêcher. Quand il passait en vélo devant chez elle, il guettait le moindre mouvement derrière les rideaux de sa chambre, en se traitant d'imbécile. Quant à la vieille cabane où ils jouaient enfants, elle avait été démontée depuis longtemps. Ses planches vermoulues achevaient de moisir, adossées à l'arrière de la maison des Conway.

Chaque fois qu'il les voyait, Justin ne pouvait s'empêcher de penser qu'elles étaient à l'image de leur amitié.

Oui, Justin avait vu Hazel dériver loin de lui, jour après jour, sans pouvoir infléchir cet éloignement d'une manière ou d'une autre. Si elle menait une vie apparemment normale de lycéenne, assistant aux cours et riant avec les autres filles, il avait l'impression d'être le seul à percevoir le vide qui l'habitait.

Certes, il y avait les morts de leur cher Tim, d'Alessandra et de Clara, de Miss Jeanny, les meurtres d'animaux, sans compter le départ de Randall… la jeune fille semblait y voir un lien invisible, qui échappait complètement à Justin. Il était bien placé pour savoir quelle imagination fertile elle avait – une imagination qui la conduisait parfois à des déductions surprenantes, voire irrationnelles.

A la longue, il avait fini par sortir avec d'autres filles – Kimmie était la dernière en date. S'il lui avait parfois semblé peser sur lui le regard pensif d'Hazel, il ne rencontrait jamais que le sourire béat de la fille Colson quand il relevait la tête.

La voix d'Hazel le ramena à la réalité :

— Ne t'avise pas de faire baisser ma moyenne, Wilson Junior. Toi, tu t'en fiches, tu as le foot, mais moi je vise l'université !

Justin prit un air blessé :

— Qu'est-ce que tu crois ? Moi aussi, je veux aller à la fac et je ne compte pas sur une bourse de sport pour intégrer un jour le cours d'écriture de Harvard !

Elle le regarda bouche bée :

— Toi ? Tu veux être écrivain ?

Prenant conscience de ce que sa réflexion pouvait avoir de vexant, elle rougit :

— Pardon, ce n'est pas ce que je voulais dire.

Mais Justin éclata de rire :

— Merci pour le vote de confiance ! Non, en réalité, je voudrais être journaliste. Depuis quelques étés, je travaille comme manutentionnaire pour le *Charity Post* et cette année, j'ai réussi à me dégotter un stage à la salle de rédaction.

Il ajouta, sarcastique :

— Mais je vois que tu as autant besoin de ce cours que moi.

— Comment ça ? demanda Hazel, vexée.

— La première leçon en toutes choses, et c'est valable pour l'écriture : ne pas se limiter aux apparences.

— Merci, Walter Cronkite[8], fit Hazel, ironique.

---

[8] Célèbre journaliste américain

Justin avait le don de l'agacer par sa simple présence. Une forme de réaction épidermique, qui la privait de sens de répartie et la rendait méchante.

Il lui jeta un long regard, avant de hocher la tête :

— Je vois.

— Quoi ? Qu'est-ce que tu vois, monsieur le devin ?

— Tu m'ignores. Mais ça va changer : on va se donner une chance de redevenir amis, tous les deux.

En relevant la tête pour répondre, elle surprit de nouveau le regard de Kimmie fixé sur eux. Elle semblait au supplice et Hazel eut soudain pitié d'elle :

— Je n'ai pas l'impression que ta petite amie voie cette amitié d'un bon œil.

— Kimmie n'a rien à voir dans cette histoire. Et à vrai dire, je m'en fiche.

— Tu ne devrais pas dire ça, Justin.

— Tu es au courant que tu as prononcé mon prénom, Hazel ?

— Et ?

— Et c'est bon signe, ça veut dire que tu t'en souviens.

— Bon, viens-en au fait. Qu'est-ce que tu proposes ?

Il tira sur une mèche de ses cheveux, qui avaient bien repoussé :

— J'arrête de te tirer les cheveux et toi, de me prendre pour un débile profond sous prétexte que je fais du sport. Et que je suis beau gosse.

— Et que tu as le melon.

— Et que j'ai le melon, concéda Justin, avec un air canaille.

Chapitre 24

Comme cela était à prévoir, Justin et Hazel se chamaillèrent, incapables de s'entendre sur les intentions de l'auteur aveugle de « Long et dur est le chemin qui de l'Enfer conduit à la Lumière ».

Le cours du professeur Flannagan était une véritable peau de tambour, qui servait de caisse de résonnance aux lointains échos de la guerre du Vietnam. Cette impression s'accentua encore, quand Mr. Flannagan leur parla de Milton comme d'un « poète combattant » et du « sens de la fête rattaché à la notion de guerre chez Shakespeare ».

Justin dévorait tous les articles sur le front et portait les auteurs aux nues :

— Ce sont les véritables héros de cette guerre ! Ils risquent leur vie pour rapporter ce qu'ils ont vu.

— La guerre, tu n'as que ce mot à la bouche ! Elle me fait l'effet d'un minotaure à qui on offre des jeunes pour qu'ils soient dévorés dans ce dédale de rizières et de bambous. Imagine notre pauvre Tim là-dedans !

Justin lui jeta un regard grave :

— Tim n'est pas mort au Vietnam, mais ici, Hazel ! ICI ! Tu penses que c'est mieux de rester dans ce bled, où un redneck assassine les simples d'esprit, les animaux et les institutrices ? Ou la seule chose qu'on se transmet de génération en génération c'est des parts dans la distillerie locale et une bonne cirrhose ?

— Ce n'est pas très gentil pour mon père, ça !

— Je ne disais pas ça pour Alan, voyons !

Il soupira, avant de laisser tomber, presque à regret :

— Rassure-toi, je n'aime pas cette guerre non plus. Mais j'aime encore moins les *draft dodgers*[9].

— A d'autres ! fit Hazel, d'un ton mordant.

Mais son ironie servait surtout à masquer l'émotion que suscitait toujours chez elle l'évocation de Tim.

— Détrompe-toi. On commence seulement à montrer cette guerre telle qu'elle est, horrible et sanglante. Ce que subit la population là-bas, nos soldats, c'est épouvantable. Il suffit de voir ce qu'a donné la guerre d'Indochine, avec les Français, pour comprendre qu'on n'aurait jamais dû mettre les pieds là-bas.

— Jusque-là, nous sommes d'accord…

— Oui, mais voilà, la guerre est là ! Je me sentirai plus à ma place là-bas qu'ici, planqué dans une université, parce que mon père est sheriff. J'ai fait un article sur la mort d'un jeune musicien Noir de Franklin, l'été dernier, enrôlé de force alors qu'il était objecteur de conscience... Et puis, il y a toutes ces rumeurs sur McNamara, cette manie de notre gouvernement d'incorporer des types qui n'ont ni les moyens de faire des études, ni de famille pour les mettre à l'abri. Crois-moi ou non, mais on n'est pas si loin que ça de « l'invasion des Profanateurs de Tombes » !

Hazel secoua la tête avec impatience :

---

[9] Déserteurs refusant la conscription pour aller au Vietnam.

— Ce n'est pas un film, Justin : là, tu risques de finir avec plein de trous dans la chemise et ce ne sera pas à cause de mites tropicales !

Mais le jeune garçon secoua la tête :

— Hazel, je veux témoigner de ce népotisme de Blancs et de classe. Ce sera d'autant plus facile que moi, je fais partie de cette caste ! Cerise sur le gâteau : si je m'engage, le *Charity Post* est prêt à m'offrir une colonne pour raconter ce qu'il se passe sur le front !

Cela ressemblait à une fanfaronnade, sauf que, venant de Justin Wilson, ça n'en était pas une. Il y croyait vraiment dur comme fer et c'était bien ça, le pire ! La notion de devoir était aussi fermement chevillée à l'A.D.N. des Wilson, qu'une moule à son rocher.

— C'est bien la chose la plus débile que j'aie entendue, dit Hazel avec sincérité. Tu es un bébé sans expérience. Tu as lu la dernière tribune de Norman Mailer ?

— Oui, mais je n'ai pas de leçons à recevoir d'un type qui a fait la guerre comme cuisinier ! On n'obtient pas le Pulitzer en épluchant des patates.

— Détrompe-toi, il est pressenti pour les « Armées de la Nuit ».

— Bon, tu es bornée, Hazel : je ne te ferai pas changer d'avis et tu ne me convertiras pas non plus au Flower Power. Est-ce que tu veux sortir avec moi ?

— Je ne suis pas bornée, je… quoi ?

Les yeux d'Hazel s'agrandirent de surprise.

— Est-ce que tu veux sortir avec moi ? répéta Justin, une lueur taquine dans le regard.

Hazel le contempla quelques instants et secoua la tête :

— Tu oublies Kimmie et je…

— J'ai rompu hier avec Kimmie, la coupa-t-il.

Hazel le contempla, stupéfaite :

— Mais… pourquoi ?

— Pour pouvoir faire quelque chose dont j'ai eu très envie tout cet été.

Et sans prévenir, il se pencha soudain et l'embrassa, tuant sur ses lèvres toute protestation.

Sans cette guerre, les sentiments de Justin eussent-ils été aussi forts qu'il le prétendait ? Ils étaient si jeunes, tous les deux ! Hazel avait parfois peur qu'il ne confondît l'imminence de son engagement avec ses sentiments réels pour elle.

En tout cas, leur rapprochement n'échappa pas à certains de leurs camarades.

Une, en particulier.

Un jour, Hazel buta littéralement sur Kimmie, qui l'attendait à la sortie du lycée, le visage convulsé de rage :

— Tu peux avoir n'importe quel garçon et il faut que tu me voles mon petit ami ! s'exclama-t-elle, en la repoussant brutalement des deux mains.

— Je ne t'ai rien volé ! répondit sèchement Hazel, en écartant la jeune fille de son passage.

Mais celle-ci était trop en colère pour se laisser faire :

— Justin ne veut plus sortir avec moi ! Je sais que c'est à cause de toi.

— Je n'y suis pour rien.

Elle se mordit les lèvres, soudain consciente que ce n'était pas tout à fait vrai. Si elle poussait l'honnêteté plus loin, elle devait reconnaître qu'une vieille rancune les avait toujours opposées, toutes les deux.

Aussi s'arrêta-t-elle pour regarder Kimmie droit dans les yeux :

— Kimmie, j'ai toujours voulu te demander pourquoi tu t'étais rangée du côté de Clara ? Pas seulement après l'histoire des souris, mais aussi à son anniversaire ?

Kimmie lui jeta un regard, où le disputaient la honte à la haine :

— Pourquoi tu remets ça sur le tapis ? Ça n'a rien à voir !

— Peut-être. Mais quitte à régler nos comptes aujourd'hui, commençons par ça.

— Ca remonte à l'antiquité ! protesta Kimmie.

— Ce n'est pas assez vieux pour que je n'entende pas encore de temps à autre dans mon dos ce surnom dont vous m'avez affublée, Clara, toi et les autres !

— Je ne t'ai jamais appelée Neuf-Doigts, bafouilla Kimmie, écarlate.

— Mais tu as contribué à ce qu'on m'appelle comme ça.

— Je ne voulais pas que ça aille aussi loin… je veux dire, dans la chambre de Clara. Il était juste question de te donner une leçon…

— Vous m'avez humiliée, Kimmie.

Les épaules de Kimmie s'affaissèrent brusquement :

— J'ai été lâche, reconnut-elle enfin. Ce que j'ai fait à l'anniversaire, je ne l'ai jamais assumé. Je n'y arrive toujours pas. Je ne suis pas comme toi, Hazel ! Des filles comme Clara ou Alessandra me pétrifient. J'aurai tout fait pour ne pas devenir leur victime.

— Quitte à devenir bourreau ?

— Oui, opina Kimmie, des larmes de honte roulant à présent sur ses joues. J'avais l'impression de ne plus savoir qui j'étais réellement : une part de moi désapprouvait ce que je faisais et l'autre me poussait à le faire. Je dois t'avouer une chose : ce que j'ai ressenti à l'annonce de la mort de Clara, au fond, c'était du soulagement.

Après un court silence, Hazel prit une grande inspiration et hocha la tête :

— Je suis contente que nous ayons eu cette discussion toutes les deux, Kimmie.

La jeune fille acquiesça et son regard s'anima d'un regain d'espoir :

— Et... et pour Justin ? Est-ce que ça veut dire que tu vas le laisser tranquille ?

Hazel secoua la tête :

— Justin est un grand garçon et je crois que nous sommes désormais d'accord sur un point : je ne te dois rien, Kimmie.

Chapitre 25

A partir de là, l'étude des textes des auteurs chéris de Mr. Flannagan fut l'occasion pour Justin de vaincre les dernières réticences d'Hazel.

Quand ils ne travaillaient pas ensemble, le jeune garçon l'emmenait voir de vieux films en noir et blanc au cinéma. Là, il faisait semblant de ronfler tandis que, prise d'un fou rire, elle le bombardait de pop-corn. Puis il l'emmenait chez Paddie's où, quand il ne lui apprenait pas à jongler avec les oranges disposées en coupe sur le comptoir, il coiffait de deux pailles ses canines pour jouer les vieux morses et la faire rire. Sacrifiant aux codes de la chevalerie de tout adolescent américain, il lui offrit le blouson des *Chargers*, son équipe de football et envisagea même de se faire tatouer son prénom sur le biceps.

Seule la menace d'Hazel de le laisser tomber comme une vieille chaussette s'il le faisait, le convainquit de ne pas franchir le pas.

Un soir où ils se promenaient le long de la voie désaffectée de chemins de fer, ils empruntèrent le vieux pont qui enjambait une rivière pratiquement à sec. Les herbes folles poussaient entre les rails. Sous le soleil encore brûlant de cette fin de journée, les armatures du vieux pont en fer rouillé rendaient une odeur métallique qui n'était pas sans rappeler celle du sang.

C'était leur nouvelle pierre-à-John-Smith, en quelque sorte.

En cet été 1968, Justin et elle adoraient s'y retrouver pour refaire le monde, imaginer quelle vie serait la leur après leurs études, ou en l'occurrence, après la guerre – à supposer, bien sûr, qu'il y eut un « après ». Parfois, la conversation prenait un tour plus métaphysique.

D'autres fois, ils ne faisaient que s'embrasser et c'était bien aussi.

Ils n'avaient pas encore fait l'amour, mais Hazel avait le sentiment qu'ils le « feraient » le soir du bal de promotion. Ce n'était pas très original, mais à dix-sept ans, quid d'être sérieux ! Et puis, ce vernis de légèreté avait au moins le mérite de garder le spectre de la guerre à distance.

Soudain, alors qu'ils n'avaient plus que quelques mètres à parcourir pour quitter le pont, Justin se jucha sur le garde-fou.

— Justin, qu'est-ce que tu fais ? Arrête, tu me fiches le vertige !

— J'arrête, si tu acceptes de m'épouser !

Et d'esquisser quelques pas de danse sur la mince poutrelle, avec une légèreté surprenante pour un joueur de football – même aspirant au Prix Pulitzer.

— C'est du chantage, pas une demande en mariage ! s'écria Hazel, en colère. Allez, maintenant, descends, Justin Wilson ! Tu vas tomber !

— Mais je suis déjà tombé, Hazel ! Tombé à tes pieds, tombé en amour, tombé raide dingue de toi et ce, depuis le premier jour ! C'est ça, la vraie chute ! Vivre à fond le moment présent, parce qu'il ne reviendra jamais. C'est une succession d'éblouissements et de premières fois, qui ne se reproduiront jamais. Et moi, j'ai envie de revivre ces moments à l'infini avec toi, Hazel.

— Tu sais qu'à l'heure actuelle, les gens se marient pour ne pas aller au front ?

— Raison de plus : c'est bien la preuve que je suis sincère, non ?

Les yeux d'Hazel se plissèrent sous l'effet de la colère :

— Comme c'est pratique ! Comme ça, je ferai une veuve éplorée, si les choses tournent mal pour toi au Vietnam !

Le visage de Justin accusa le coup :

— Non, mais c'est complètement tordu, comme manière de penser ! Je viens de te demander en mariage, tête de mule !!

— Et moi, de descendre ! s'exclama Hazel, avant de lui montrer la vieille voie de chemins de fer : Si ni toi ni moi ne sommes prêts à faire de concessions, alors notre histoire est comme ces rails : elle ne mène nulle part !

Aussitôt, Justin sauta et atterrit juste à côté d'elle, la forçant à se retourner :

— Une concession ? La voici : je te promets de revenir vivant, Hazel.

— C'est justement la seule promesse que tu ne peux pas tenir, Justin : tu en es conscient ?

Il l'entraîna sous le couvert des arbres et embrassa ses joues baignées de larmes.

— Alors je te promets de t'aimer toujours autant que maintenant, ça te va ?

— C'est plus crédible, ça, concéda-t-elle, en riant malgré elle.

Puis il la conduisit à une clairière, où était disposé sur une épaisse couverture tout le contenu d'un panier de pic-nic.

— Qu'est-ce que c'est que ça ?

— C'est une surprise, fit Justin, en ouvrant une bouteille de Dr Pepper.

Il leur servit deux verres et disposa le contenu de plusieurs boîtes dans leurs assiettes.

Hazel ouvrit de grands yeux :

— Tourte à la viande, purée de pommes de terre, pain de maïs, gâteau au chocolat... en quel honneur, ce festin ?

— En l'honneur de la fille la plus belle et intelligente qu'il m'ait été donné de rencontrer, fit Justin. Cheers ! Et maintenant, mangeons ! Oh, et rassure-toi, ce n'est pas ma mère qui était aux fourneaux : normalement, ça ne devrait pas être trop cramé.

— C'est toi qui as cuisiné tout ça ? s'exclama Hazel, manquant d'avaler de travers une délicieuse bouchée de tourte.

— On dirait bien, mam'zelle, fit Justin. Tu aurais vu l'état de la cuisine après, on aurait dit que le cyclone de 1962 était de retour !

Un bref instant, le souvenir d'une silhouette noire et inquiétante se dressa entre eux et malgré elle, Hazel se mit à frissonner.

— Tu as froid ? fit Justin, en l'embrassant.

— Jamais, avec toi. Jackpot-bingo-boum.

Leur baiser se fit plus intense et Justin gémit, avant de la plaquer au sol. Ses lèvres se firent plus pressantes. Comme Hazel laissait échapper un soupir, il s'écarta d'elle brusquement :

— On ferait mieux d'en rester là pour ce soir. Je ne suis pas sûr de pouvoir me contenir très longtemps.

Mais Hazel l'attrapa par le sol de sa chemise pour le ramener à elle :

— On en aura fini, Justin Wilson, quand je le déciderai.

Il hésita, mais quelque chose dans le regard déterminé de la jeune fille eut raison de ses dernières hésitations.

Alors il se pencha et l'embrassa, puis il la déshabilla en prenant tout son temps, embrassant sa gorge, son ventre et son corps tout entier.

— Si tu savais, Hazel, comme j'ai rêvé de cet instant.

Plus tard, Hazel se lova contre le torse de Justin et ferma les yeux :

— Dis-le, articula-t-elle, sachant qu'elle mettait fin à la magie de cette nuit.

— Dire quoi ?

— Ne me prends pas pour une imbécile. Si tu as organisé ce dîner romantique ce soir, c'est qu'il y a une raison, non ? Pourquoi tu ne me dis pas tout de suite que la robe que Teresa m'a achetée pour le bal restera au placard ?

Justin se renversa en arrière :

— J'espérai ne pas aborder ce sujet ce soir. Je voulais que tout soit... parfait.

Puis il tourna son visage pour regarder franchement Hazel :

— Je pars le mois prochain. Dès que j'aurai fêté mes dix-sept ans : c'est l'âge minimum.

— Tu vas directement au Viêtnam ?!

— Non. Je pars m'entraîner à Fort Polk, en Louisiane, pendant six mois. On l'appelle aussi Tigerland. Je ne serai pas si loin, je reviendrai sur mes jours de permission dès que j'en aurai.

— Tu parles, fit Hazel, d'un ton boudeur.

— Je reviendrai, promis, juré, craché. Ne serait-ce que pour te prendre encore dans mes bras ! Je n'ai pas prévu de mourir avant d'avoir raflé le Pulitzer à ce Norman Mailer dont tu me casses les oreilles.

— Et tu n'as pas pensé à quelque chose de pire ?

— Pire que Norman Mailer ?

Il faisait trop sombre pour qu'Hazel distinguât les traits de son visage, mais elle l'entendit sourire.

— Non, pire que mourir, bougre d'idiot ! Revenir blessé, estropié. Si tu ne le fais pas pour toi, fais-le pour nous. Renonce.

Justin se redressa brusquement et dans le noir, elle l'entendit se rhabiller avec des gestes brusques trahissant sa colère :

— Tu n'as pas le droit de faire ça, Hazel, mettre notre amour dans la balance. C'est injuste. Ma décision est prise, je ne reviendrai pas là-dessus.

Elle bondit sur ses pieds et sans prêter attention à sa nudité, le poussa de toutes ses forces :

— Ce n'est pas déjà ce que tu fais, depuis que tu parles de partir faire la guerre, mettre notre amour dans la balance ? Au fond, tu te fous bien de me laisser dans ce bled toute seule !

Justin se réfugia dans un silence buté, achevant de boutonner sa chemise. Enfin, il se tourna vers elle :

— Si tu as seulement peur de te retrouver seule, c'est que tu ne m'aimes pas, laissa-t-il enfin tomber, d'un ton froid.

Un froissement de feuilles et elle sut qu'il était parti.

Chapitre 26

Hazel passa les jours suivants dans une désagréable torpeur.

Pas seulement à cause de Justin : elle avait recommencé à faire des cauchemars, plus effrayants que jamais. Elle rêvait toujours de la dame du lac, mais quelque chose avait changé dernièrement.

La créature se rapprochait d'elle, physiquement, et pas seulement dans ses rêves.

Ceux-ci commençaient à méchamment déteindre sur la réalité.

Une nuit, au moment de se coucher, elle fit une terrifiante découverte. En se glissant sous les draps, elle eut l'étrange impression de s'allonger sur quelque chose de *vivant*, avant de sentir un frémissement courir à la surface de sa peau.

Avec un cri, elle se redressa d'un bond et alluma la lumière. Le fond de son lit grouillait d'une nuée écœurante d'insectes : vers et lombrics de toutes tailles, cafards, blattes, larves grasses et blanches, fourmis et araignées.

Elle resta de longues secondes à contempler ce spectacle, horrifiée.

Une fois son sang-froid retrouvé (*ce ne sont que des bestioles, Hazel, de minuscules et inoffensives bestioles*), elle roula ses draps en boule, avant d'aller les jeter. Puis elle refit son lit avec du linge propre et se coucha, satisfaite et soulagée. Le lendemain, elle pulvériserait de l'insecticide aux quatre coins de sa chambre et le problème serait réglé.

Une petite voix tenta bien de s'insinuer dans son esprit (*quand même, tu ne te demandes pas comment ces insectes se sont retrouvés dans ton lit ?*), mais elle la fit taire, en éteignant la lumière.

Seulement, cette vision la poursuivit jusque dans son sommeil.

Cette nuit-là, elle rêva que la créature quittait le lac et remontait les rues de Charity, laissant un sillon sombre et humide derrière elle. Horrifiée, Hazel finissait par sortir de sa fascination morbide et par se mettre à courir droit devant elle.

Enfin, elle parvenait devant sa maison et une vague de soulagement indicible l'étreignait, tandis qu'elle contemplait la façade doucement éclairée par la lune.

Elle se voyait ensuite gravir l'escalier, ouvrir la porte de sa chambre… et pousser un hurlement d'effroi, en découvrant une forme allongée dans son lit.

Un rayon de lune éclairait les traits de la personne assoupie et Hazel découvrait avec stupéfaction son propre visage, à moitié enfoui sous l'édredon.

Un réflexe lui faisait alors relever la tête vers la coiffeuse et un nouveau cri glacé lui échappait, en découvrant son reflet.

A la place d'Hazel, se tenait une femme aux longs cheveux sombres, à la robe trempée et scintillante de givre.

Elle n'avait pas de visage.

Quand elle se réveilla, le sang cognait à ses tempes et le tee-shirt des *Chargers* avec lequel elle avait dormi, était trempé de sueur.

Ce matin-là, quand elle sortit de la maison, Justin l'attendait, assis sur les marches de leur porche. En la voyant vêtue de son tee-shirt, le jeune garçon sembla perdre quelques secondes son masque d'assurance :

— Ca me fend le cœur de partir, en sachant que tu m'en veux, finit-il par dire.

— Ne pars pas, alors.

— Tu m'écriras ?

— Et puis quoi encore.

Hazel ne résista pas à l'envie d'être cruelle :

— Autant que tu le saches, je ne t'attendrais pas. Pas question de jouer les Pénélope pendant que tu coiffes ton M1 : je vivrais ce que j'ai à vivre.

Une ombre passa sur le visage de Justin :

— Pigé. Essaie quand même de tenir jusqu'à ma prochaine permission.

Hazel soutint son regard, lèvres serrées – *à quoi bon lui faire entendre raison. Son père l'a élevé dans une telle foi de lui-même que la défaite, et la sienne en particulier, n'est même pas une option !*

Finalement Justin lui attrapa le menton :

— Promets-moi de m'écrire, si tu as le moindre problème. Le nom de code sera : HAMLET.

— C'est ridicule.

— Promets.

— Peut-être. Si tu jures de rentrer en un seul morceau.

— Peut-être.

Mais Hazel n'avait pas envie de rire. Elle détourna les yeux, pour dissimuler les larmes qui les embuaient stupidement.

Quand elle trouva enfin le courage de les relever, Justin avait disparu.

Chapitre 27

Quelques semaines s'écoulèrent encore après le départ de Justin, avant que le destin d'Hazel ne basculât, par un bel après-midi d'été.

Alan étant à l'usine et Teresa, à une partie de bridge, Hazel en avait profité pour s'installer dans le jardin avec un verre de thé glacé et un livre, qu'elle peinait à terminer.

A un moment donné, elle avait dû s'endormir, bercée par la radio de la voisine. Lorsqu'elle rouvrit les yeux, les glaçons avaient fondu dans son verre et une mouche s'y débattait, les pattes et les ailes ensuquées.

Entre ses paupières mi-closes, elle vit une voiture passer devant leur maison, ralentir, puis s'arrêter – une Studebaker Daytona wagonaire à quatre portes, de couleur bordeaux, immatriculé en Alabama.

Un touriste égaré, sans doute.

A présent, la radio de la mère de Tim diffusait la dernière chanson des Jefferson Airplane, de toute la puissance de ses vieilles enceintes :

> *One pill makes you larger, and one makes you small*
> *And the ones that mother gives you, don't do anything at all*
> *Go ask alice, when she's ten feet tall...*

Hazel s'arrêta soudain de fredonner les paroles de « White Rabbit ».

La voiture réveillait en elle un vague sentiment familier, sans qu'elle pût mettre le doigt dessus. Son esprit accablé par la chaleur était incapable de se concentrer, sautant de la voiture à la mouche qui agonisait au fond de son verre.

Soudain, elle se redressa d'un coup, manquant de tomber de sa chaise longue.

Elle venait de se souvenir de l'endroit où elle avait déjà vu cette voiture : à l'angle de Maple street, quand Clara et Alessandra avaient tenté de la noyer.

A présent, Hazel revoyait clairement la femme qui l'avait sauvée de la noyade s'éloigner en courant et monter dans une voiture identique à celle qu'elle avait sous les yeux.

Ne t'emballe pas, c'est forcément une coïncidence.

Malgré tout, abandonnant la mouche à son triste sort, elle se leva et s'approcha de la Studebaker.

L'homme au volant avait la petite trentaine, une barbe de trois jours et ses yeux, clairs au point de paraître délavés, reluquaient les jambes d'Hazel de ce regard qui salit, même s'il ne fait que vous effleurer.

Ce ne fut qu'en arrivant à sa hauteur que la jeune fille découvrit la passagère.

Agée d'une quarantaine d'année, elle portait une tunique brodée de perles mauves, sous laquelle elle semblait nue comme un ver. Son collier en plumes de colibri, ses bracelets incrustés de turquoise et ses longs cheveux noirs, striés de fils argentés, achevaient de lui donner l'air d'une indienne.

...And if you go chasing rabbits, and you know you're going to fall
Tell 'em a hookah-smoking caterpillar has given you the call
He called Alice, when she was just small

Quelque part dans sa poitrine, le cœur d'Hazel rata un battement et une petite fille aux cheveux courts tomba au ralenti dans un terrier de lapin sans fin.

Maman.

La femme tourna la tête et lorsqu'Hazel croisa enfin son regard, ses jambes lui donnèrent soudain l'impression de ne plus pouvoir la porter.

Oh oui. Certain, qu'elle reconnaissait cette canine proéminente et cette petite cicatrice sur le menton – même si, pour l'heure, elle ne se souvenait plus de son origine.

Puis la femme se mit à parler et ses paroles balayèrent les derniers doutes d'Hazel, s'il lui en restait. C'étaient les mêmes que celles prononcées en haut de la colline, douze ans plus tôt, par une femme qui avait fini par la précipiter dans le lac.

La voyant sur le point de défaillir, l'homme jeta sa cigarette d'une pichenette par la fenêtre :

— Allez grimpe, petite, dit-il d'une voix rendue lasse par la chaleur. On t'emmène faire un tour.

Hazel se dirigea d'un pas d'automate vers la voiture et ouvrit la portière arrière. Les sièges en cuir étaient si chauds, qu'ils lui brûlèrent les cuisses.

L'habitacle sentait la sueur, l'herbe et le sexe.

La femme se retourna vers elle et son sourire découvrit son étrange canine :

— Je t'avais dit que je reviendrai, dit-elle, d'une voix cassée par des années à tirer sur de mauvaises cigarettes. Tu vois, j'ai tenu parole.

Derrière la haie, la radio de la mère de Tim br aillait à verre fendre les dernières paroles de « White Rabbit » :

When logic and proportion have fallen sloppy dead
And the white knight is talking backwards
And the red queen's off with her head
Remember what the dormouse said
Feed your head, feed your head

Alors Hazel ferma les yeux et se laissa aller contre le siège de la voiture, tandis que celle-ci l'éloignait doucement de son enfance.

Chapitre 28

L'homme s'appelait Seth et la femme, Rhonda.

Leur différence d'âge était moins surprenante, aux yeux d'Hazel, que leur manière de communiquer.

Ou plutôt, de ne pas communiquer.

C'est simple, depuis qu'ils avaient laissé derrière eux le panneau *Bienvenue à Charity,* ils n'avaient pas échangé un mot.

A chaque nouveau tour de roue, Hazel se demandait un peu plus ce qu'elle fabriquait en compagnie de ces deux taiseux. Le prétexte d'avoir enfin une réponse à ses questions tenait de moins en moins la route.

Elle t'a peut-être sauvée lorsque Clara tentait de te noyer, mais elle reste quand même cette folle qui t'a précipitée dans le lac Katrine quand tu savais à peine marcher. Au pire, c'est une psychopathe, au mieux une paumée qui ne sait pas ce qu'elle veut. Youpi.

Comme si elle l'avait entendue, Rhonda abaissa le pare-soleil, se servant du miroir de courtoisie pour la détailler :

— Je suis sûre que ça carbure sec sous ce joli p'tit crâne, dit-elle, en se remettant du rouge à lèvres.

La jeune fille garda le silence, se contentant de soutenir son regard cerné de khôl dans la glace.

— Tu te demandes sûrement pourquoi je suis revenue, après toutes ces années ?

— Pourquoi tu l'as balancée dans cette flotte glacée, surtout ! ricana Seth, avant de se tourner brièvement vers Hazel :

— Ta mère est complètement barjo.

Sans blagues. Entre nous, je veux juste savoir pourquoi, après avoir raté son coup il y a douze ans, elle m'a sauvée d'une seconde tentative de noyade. Après, je tire ma révérence. Teresa a prévu des lasagnes ce soir, le monde peut bien couler après ça.

Dans le miroir, Rhonda avait fini de rectifier son rouge à lèvre et son sourire était semblable à une plaie à vif qui s'étirait, s'étirait. C'était presque douloureux à regarder.

— Hazel, je suis une ancienne droguée. Quand j'ai fait ce que j'ai fait… j'avais un plan, mais je l'ai appliqué sans réfléchir et sans penser aux conséquences de mes actes. Un jour je t'expliquerai, mais là… j'ai la flemme.

La jeune fille se demanda si elle avait bien entendu.

Mais déjà, Rhonda relevait le pare-soleil et une feuille, qui y était coincée, s'en échappa. Hazel se pencha pour la ramasser sur le sol de la voiture, noyé sous un monceau de détritus et d'emballages graisseux de fast-food.

La feuille était en réalité une photographie écornée représentant un couple afro-américain avec leurs enfants, si soignés dans leurs attitudes et leurs vêtements immaculés, qu'il était évident qu'ils n'eussent jamais mis leur voiture dans un tel état.

— Je… on devrait peut-être rentrer, à présent, fit Hazel. Ma mère… euh, Teresa va s'inquiéter si je reste dehors trop longtemps.

— Qu'elle s'inquiète, la bourgeoise ! s'exclama Rhonda, avant de se tourner vers elle : tu n'es pas bien, avec nous ? Pourquoi voudrais-tu retourner dans ce bled paumé qu'est Charity ?

La jeune fille se renfonça dans son siège, partagée entre son envie de s'enfuir et celle d'en savoir plus. Un sentiment diffus de panique commençait à l'envahir, bien qu'ils fussent encore à moins d'une heure de Charity.

Calmos. D'abord, les forcer à s'arrêter quelque part. Là, trouver le moyen d'appeler la maison, demander à Alan de rappliquer dare-dare et là, à la revoyure, voleurs de confiture !

— Je… On ne pourrait pas s'arrêter quelque part ? J'ai soif.

Sa voix plaintive donna l'impression à Hazel d'appartenir à quelqu'un d'autre.

La femme devant elle ne lui accorda pas un regard, mais se tourna vers le conducteur :

— Tu entends, Seth ? La môme dit qu'elle a soif.

— Rhonda, où veux-tu que je m'arrête ? Et puis, réfléchis : on n'a pas intérêt à moisir dans le coin, maintenant qu'on a la fille !

Il accéléra légèrement et la main que la jeune fille venait de poser sur la poignée de sa portière hésita. Le compteur de vitesse indiquait 25 miles/heure : pas assez vite pour se tuer, mais suffisamment pour ne pas s'en sortir indemne.

Au moment où ses doigts commençaient, malgré tout, à abaisser la poignée, Seth marmonna :

— Si tu as soif…

Hazel le vit se pencher soudain et, sans lâcher le volant, tâtonner sous son siège, avant de ramasser quelque chose et de le lui lancer :

— …Tu n'as qu'à boire ça !

Hazel lâcha la poignée et par réflexe, attrapa la bouteille de bière. Elle resta plusieurs secondes à la contempler, indécise. Elle n'avait jamais bu d'alcool.

La voix de Rhonda la tira de ses rêveries :

— T'attends quoi, la môme ?

Docilement, Hazel porta le goulot à ses lèvres déshydratées. La bière était tiède, presque chaude ; l'espace d'un instant, elle eut envie de recracher le liquide amer, mais comme Rhonda continuait de la fixer avec une moue dubitative, elle se força à avaler encore quelques gorgées.

Nauséeuse, mais sa soif étanchée, elle tendit enfin la bouteille à Rhonda, qui la vida d'un trait, avec une aisance trahissant une longue habitude.

— Eh, vous auriez pu m'en laisser, fit Seth, de sa voix traînante, en les regardant avec un sourire qui se voulait enjôleur.

Ses yeux pâles paraissaient morts et Hazel n'aimait pas, mais alors pas du tout, le regard lourd qu'il portait sur elle.

Il en était d'ailleurs une autre que son sourire salace dérangeait : Rhonda, qui manifesta son mécontentement en rabattant sèchement le pare-soleil.

La voiture accéléra un peu et la main d'Hazel, crispée sur la poignée de la portière, se relâcha : *à cette vitesse, c'est la mort assurée.*

Elle se renfonça dans son siège, le visage tourné vers le paysage qui défilait de plus en plus vite au-dehors : des plaines et des champs si plats, que l'horizon donnait la curieuse impression de les mettre entre parenthèses.

Tant d'espace et pourtant, je suffoque.

Hazel se mit soudain à tousser, la bière se frayant un chemin en sens inverse dans son œsophage et elle hoqueta bruyamment.

— Arrête-toi, Seth, la môme va gerber !

Seth ralentit, avant de se ranger sur le bas-côté. Hazel eut tout juste le temps d'ouvrir la portière, avant de vomir abondamment.

Les haut-le-cœur se succédèrent pendant quelques minutes, avant d'être enfin remplacés par de bruyants hoquets.

Quand elle referma la portière, Rhonda laissa tomber, d'une voix aigre :

— Fallait l'dire, la môme, si tu tiens pas l'alcool !

— Je… je suis malade en voiture, bredouilla Hazel. Est-ce qu'on pourrait s'arrêter quelque part ?

L'homme et la femme échangèrent un regard entendu et Rhonda se mit à fouiller dans son sac. Elle prit une boîte de pilules et en versa une dans la paume de sa main, avant de tendre celle-ci à Hazel :

— Avale ça.

— Qu'est-ce que c'est ?

— De la scopolamine, contre le mal des transports. Il va falloir songer à te changer, tu pues.

Blanche comme un linge, Hazel prit la pilule et l'avala docilement, avant de laisser retomber sa tête contre le dossier. Rhonda avait raison, son débardeur était trempé de sueur et une belle tache de vomi s'étalait sur la poche avant de son short en jean.

Elle roulait dans une voiture volée, en compagnie d'un homme avec un couteau tatoué dans le cou et d'une femme qui avait essayé de la tuer dix ans plus tôt – *comme dirait ce bon vieux Tim : jackpot-bingo-boum.*

Chapitre 29

Le moteur de la Studebaker soliloquait sans rencontrer d'écho sur la route déserte. Le ciel festonné de nuages, à défaut de tenir ses promesses de pluie, posait son lourd couvercle sur une nature chauffée à blanc. La chaleur imprimait leurs vêtements d'une empreinte moite.

Hazel sombrait sporadiquement dans un sommeil agité, dont elle émergeait toujours la bouche pâteuse et les sens en alerte.

Le couple, devant elle, était toujours aussi avare de paroles. Leur destination semblait appartenir à un plan maintes fois débattu et connu dans ses moindres détails.

Enfin, ils finirent par s'arrêter dans une station-service, où un pompiste avec un badge au nom de Garrett vint remplir leur réservoir d'essence, vider leur cendrier et vérifier leur niveau d'huile et d'eau. Il avait un sourire affable et un accent traînant, curieusement démentis par ses gestes vifs et précis.

Les deux hommes échangèrent quelques banalités. Le pompiste conclut :

— Il n'y pas beaucoup de monde sur les routes, par cette chaleur, même sur l'Interstate. Vous êtes mes premiers clients de la journée.

Son regard passa de Seth à Hazel, puis à Rhonda, avant de revenir sur la jeune fille, l'air pensif. Pour se donner une contenance, il claqua de la langue et se saisit de la pompe, contournant le véhicule.

Seth s'adossa à la voiture et le regarda faire le plein, ses pieds nus contrastant avec les godillots tâchés d'huile de l'autre. Derrière eux, la pompe à essence, surmontée de son macaron rouge et bleu « American Gas » produisait un son vibrionnant, qui déroba à Hazel le reste de leur conversation.

Comme Rhonda accompagnait Garrett au magasin, Hazel en profita pour se rendre aux toilettes, situées à l'arrière du bâtiment.

Une fois la porte refermée, elle s'adossa à celle-ci, accablée.

En face d'elle, une glace fendue sur toute sa longueur lui renvoyait l'image d'une fille trop pâle et aux yeux cernés de mauve.

Pour se donner du courage, elle inspira profondément, ignorant les relents d'urine de la pièce où elle se trouvait. Elle regarda autour d'elle fébrilement et se baissa pour attraper une mince tige de fer qui traînait : trop fragile pour servir d'arme, elle était cependant parfaite pour ce qu'Hazel comptait en faire.

Il lui sembla bien entendre à ce moment-là du remue-ménage dans le magasin, mais sans savoir à quoi l'attribuer. Elle n'avait pas beaucoup de temps devant elle ; elle devait faire vite.

Avec la tige, elle commença à graver un message sur le miroir. Elle dut s'y reprendre à plusieurs reprises, en raison de la transpiration et du stress.

Elle en était au L, lorsqu'un coup de feu retentit dans le magasin et la fit sursauter. Tremblante, elle se hâta de tracer le P, juste au moment où deux coups s'abattaient sur la porte – si forts, qu'elle crut que l'on avait tiré dessus.

— Tu vas sortir, oui ? Qu'est-ce que tu fabriques là-dedans ? Ouvre-moi !

Le cœur battant, Hazel contempla quelques secondes le message qu'elle venait si laborieusement de graver :

HELP

Derrière la porte, les coups redoublèrent, cette fois-ci produits non plus par un poing, mais par un objet lourd.

— OUVRE MAINTENANT ! OU JE TIRE DANS CETTE FOUTUE PORTE !

Hazel n'avait plus le choix : son regard fit de nouveau le tour de la minuscule pièce, à la recherche d'un projectile quelconque. En désespoir de cause, elle saisit le couvercle en émail de la réserve d'eau des WC et le jeta de toutes ses forces sur le miroir. Elle eut à peine le temps d'apercevoir son reflet apeuré, juste avant que celui-ci n'explosât en mille fragments.

Elle resta un bref instant à contempler, hébétée, le sol jonché d'un tapis de grandes échardes de verre :

— OUVRE ! répéta Rhonda

Elle s'accroupit, tachant de reprendre ses esprits.

— OUVRE !

Enfin prête, elle se redressa, retira le verrou et se heurta à une Rhonda furibarde :

- Bon sang, c'était quoi ce bruit ? On peut savoir ce que tu fabriquais dedans ?

Sans attendre la réponse d'Hazel, elle la poussa brutalement, jeta un regard rapide à la glace explosée, avant d'examiner les murs et le dos de la porte avec attention.

Lorsqu'elle ressortit, son regard exprimait une méfiance hostile ; elle tira violemment la jeune fille par le coude.

— Aïe, tu me fais mal ! s'écria Hazel, tandis que Rhonda la traînait de force jusqu'à la Studebaker.

— Plus question de jouer cavalier seule, maintenant ! Désormais, tu demanderas avant d'aller aux toilettes et je t'accompagnerai. Et crois-moi, tu préfères que ce soit moi, que Seth.

Celui-ci les attendait déjà dans la voiture, faisant tourner le moteur bruyamment : il démarra, dès qu'elles furent à l'intérieur.

Juste au moment où ils repassaient devant la porte du magasin, Hazel tourna la tête, pour regarder à l'intérieur.

Mal lui en prit, car elle aperçut le corps inerte de Garrett, qui gisait dans une mare de sang, un reçu froissé encore dans sa main crispée.

Horrifiée, Hazel ferma les yeux et le morceau de verre qu'elle tenait entailla la chair tendre de sa paume.

Mais cette douleur-là n'était rien à côté de la terreur qui l'étreignait désormais.

Chapitre 30

Comme la Studebaker roulait à tombeau ouvert, Hazel ouvrit sa fenêtre et aspira une grande bouffée d'air tiède. Elle était prête à s'évanouir, mais quelque chose lui disait que ce ne serait pas du goût de Rhonda

Soudain, Rhonda se pencha sur le sac à ses pieds, attrapa un paquet de chips et le tendit à Hazel. Au moment où cette dernière s'en saisissait, elle agrippa son bras et le serra si fort, que la jeune fille ne put étouffer un cri. Les bracelets de Rhonda s'imprimaient douloureusement dans sa chair, tandis qu'elle éructait, de sa voix cassée par mille cigarettes :

— Qu'est-ce qu'il t'a pris de partir sans nous prévenir ?

— Je… je voulais seulement aller aux toilettes.

Rhonda lui tordit un peu plus le poignet.

— Je te conseille de ne pas te moquer de nous ! Je ne sais pas ce que tu as fabriqué là-dedans, ni pourquoi tu y as tout cassé. Sauf si c'était pour faire disparaître un message… Là, en revanche, tout s'explique !

— Aïe, lâche-moi, tu me fais mal !

— Autant te le dire tout de suite, la môme, tu ne refais jamais ça, tu entends ? JA-MAIS.

Hazel hocha docilement la tête et en guise de récompense, Rhonda fit tomber deux comprimés de scopolamine dans sa paume.

— Deux ? demanda Hazel.

— Tu verrais ta tête, tu es pâle à faire peur. Je ne veux pas que tu sois encore malade dans cette voiture.

Une fois délivrée, Hazel se réfugia sur le siège arrière, le plus loin possible de Rhonda. Tout en se massant le poignet, elle jeta un regard d'incompréhension à la femme devant elle. Elle goba les deux pilules, sans quitter des yeux sa longue chevelure brune. Qui était-elle ? Elle refusait de la laisser rentrer à Charity, abattait un homme de sang-froid et à présent, la menaçait ?! A quoi tout cela rimait-il ?

Cependant, la faim était trop forte pour qu'elle se retînt davantage : elle finit par ouvrir le sachet et d'une main tremblante, engouffra dans sa bouche une pleine poignée de chips au vinaigre. Elle allait se resservir quand elle aperçut du sang sur le paquet et sentit la nausée revenir.

Hazel ferma les yeux, s'efforçant par la pensée de s'éloigner le plus possible de cette voiture, de la tache de sang et surtout, du revolver encore chaud posé sur la plage avant.

Petit à petit, épuisée, elle finit par s'enfoncer dans un sommeil sans rêves, parsemé de brusques réveils, tandis que la voiture continuait de filer sous un ciel maintenant étoilé.

Quand elle se réveilla, le soleil venait de se lever. La Studebaker était garée sur le parking d'un motel, au pied d'un gigantesque arc-en-ciel aux couleurs délavées. D'après ses calculs, ils avaient quitté la Virginie et devaient être à Pétaouchnock, 3000 âmes – en d'autres termes, quelque part en Caroline du Nord.

Hazel bailla et se redressa tant bien que mal, en s'étirant.

Devant elle, le siège de Rhonda était incliné au maximum ; en tendant la main, elle pouvait toucher sa chevelure brune étalée sur le dossier. La minuscule cicatrice sur son menton semblait plus blanche dans la lumière du matin et soudain, Hazel se souvint de ce qui l'avait provoquée.

Elle avait eu le lapereau pour ses quatre ans. Bunny avait une tache noire sur l'œil qui lui donnait un air canaille et il la faisait rire aux éclats, lorsqu'il nichait sa truffe humide dans sa main pleine de graines de tournesol. Elle avait pris l'habitude de lui confier tous ses secrets et grâce à lui, elle se sentait moins seule et démunie, face à la folie de sa mère.

Bien évidemment, cela ne pouvait durer. Un jour, sa mère l'avait saisi par une patte brutalement et le lapin, terrifié, l'avait mordue au menton jusqu'au sang. Folle de rage, sa mère avait ouvert la porte du four et jeté le lapin dedans, malgré les supplications de sa fille.

Hazel cligna des yeux, s'efforçant de chasser de sa mémoire le battement frénétique des griffes du lapin contre la porte du four et l'atroce odeur de chair brulée.

Je dois à tout prix partir d'ici.

Son regard revint sur les deux silhouettes endormies. Seth reposait de travers, la tête sur le ventre de Rhonda. Ses bottines, qui dépassaient par la fenêtre du conducteur, accrochaient de leurs clous argentés les premiers rayons du soleil. Il ronflait si fort, qu'Hazel se demanda comment elle était parvenue à dormir jusque-là.

Sans doute l'effet de la bière bue la veille, à moins que ce ne fussent les pilules de scopola-quelque-chose. A force, qui sait, allait-elle finir par y prendre goût, en définitive ?

Sans bruit, elle ouvrit la porte de la voiture et posa un pied sur le sol du parking. Pile au moment où elle se redressait, une voix s'éleva derrière elle et la fit sursauter :

— Hey, qu'est-ce que vous foutez là ? C'est un parking privé, ici ! Si vous n'avez pas de chambre dans ce motel, foutez le camp !

Un homme se dirigeait vers elle, à grandes enjambées. C'était un Sikh, dont le turban violet contrastait avec le t-shirt estampillé du logo arc-en-ciel du motel.

— Je vous en supplie, taisez-vous, murmura-t-elle, en lui faisant signe d'arrêter de crier.

Le jeune Indien s'arrêta, indécis, et l'espace d'un instant, Hazel connut un regain d'espoir.

Derrière le gardien immobile, elle pouvait voir la guérite du parking – et sur son bureau, un téléphone.

Mais le répit fut de courte durée :

— Alors, la môme, on prend l'air ?

Hazel ferma les yeux. Elle prit soudain conscience que les ronflements sonores de Seth s'étaient tus depuis un moment. Il avait dû se lever et ouvrir la portière sans qu'elle l'entendît, toute concentrée qu'elle était à tenter d'amadouer le gardien.

Lorsqu'elle se retourna vers lui, Seth la contemplait avec un sourire goguenard, son bras droit ostensiblement caché derrière lui. Elle savait ce que cela signifiait : il avait pris le revolver sur la plage avant.

— Et si tu remontais sagement dans la voiture, la môme ? Un malheureux accident est si vite arrivé…

Pour elle le message était clair : si elle ne le rejoignait pas immédiatement, il tirerait sur le gardien du parking. Et, allez savoir, peut-être sur elle aussi.

La mort dans l'âme, elle regagna la voiture et s'assit à l'arrière.

— On y va, M'sieur, désolé, fit alors Seth, avec un faux sourire contrit à l'intention du gardien, avant de remonter dans la voiture et de démarrer.

A ses côtés, Rhonda s'agita et finit par se redresser :

— On se barre déjà ?

— Ouais, on a été repérés par le gardien. Tiens, le voilà : salue le monsieur, Rhonda... C'est ça, au revoir, au revoir. Voilà, on est partis.

Dans le rétroviseur, le regard de Seth croisa celui, suppliant, d'Hazel :

— Je vous en prie... articulèrent silencieusement les lèvres de la jeune fille.

Seth fit mine de vouloir ajouter quelque chose, puis se ravisa.

Mais son sourire glacial dans le rétroviseur fit comprendre à Hazel que l'histoire n'allait certainement pas en rester là.

Chapitre 31

Après avoir quitté le parking, Seth les conduisit dans un *dinner* aux néons fatigués, le « Anny's Kitchen » – ou plutôt, « An y' tch n ».

Là, Rhonda commanda trois full breakfast : rattrapée par la faim, Hazel dévora le contenu de son assiette en quelques minutes. Après avoir terminé, elle ressentit une bouffée de culpabilité envers le pauvre pompiste assassiné la veille. *Tu ne montes plus sur tes grands chevaux, quand il s'agit de bâfrer aux frais de ce pauvre Garrett.*

Pendant quelques secondes, elle eut envie de se précipiter aux toilettes, mais y renonça, en croisant le regard aigu de Rhonda. A la place, elle leva la main pour redemander du café.

D'un pas traînant, la serveuse s'approcha d'eux :

— Alors, mon chou, c'est une sacrée faim que tu avais ! dit-elle, en lui versant le reste de sa cafetière dans son mug.

Son visage trop maquillé accusait le coup d'un réveil aux aurores et rendait difficile l'estimation de son âge. Quelque chose entre quarante et soixante ans, ça, c'était sûr. En attendant, elle avait ce regard maternel peu regardant, qui permettait aux routiers de passage comme aux VRP pressés de se sentir chez eux dans ce bouge loin de tout – au fond, c'était à ça qu'on reconnaissait une bonne serveuse, pas à sa manière ampoulée de vous servir du café.

Toujours est-il que, l'espace de quelques instants, elle rappela Teresa à Hazel.

La jeune fille sentit les larmes lui monter aux yeux, mais rencontra le regard froid de Rhonda. Aussi se força-t-elle à répondre :

— Ou-oui, bredouilla-t-elle.

— Eh bien, tu n'as pas l'air du matin, mon chou. Comme dirait mon père, quand on a la tête dans le cul, on est content de ne pas être une licorne !

Seth s'esclaffa bruyamment, tandis que Rhonda gardait le regard fixé sur Hazel. La serveuse de « An y' tch n » finit par s'en apercevoir :

— Faut pas lui en vouloir, md'ame. Les gosses de nos jours, y sont sur une autre planète.

Quand elle s'éloigna enfin, d'un pas annonçant une longue journée, Rhonda se renfonça dans le fauteuil du box où ils avaient pris place :

— Pas trop tôt, j'ai bien cru qu'il faudrait la buter, elle aussi, pour terminer ce petit-dèj tranquille.

— Allons, allons, fit Seth, d'un ton conciliant. Je ne suis pas contre un dézinguage de temps à autre, mais il faut savoir raison garder. On va éviter de se faire trop remarquer dès le départ.

Le regard acéré de Rhonda se tourna vers Hazel et ses bracelets tintinnabulèrent doucement, tandis qu'elle posait son coude sur la table et son menton, sur son poing :

— Oh, mais tout dépendra de la jeune fille ici présente. N'est-ce pas, Hazel ?

Le sourire de Rhonda s'étira, glacial :

— Figure-toi que j'ai le don de voir tout ce qui se passe dans la minuscule chose qui te sert de cervelle. Y a pas cinq minutes, elle hésitait entre aller aux toilettes pour y écrire un autre SOS pathétique et tout déballer à cette conne qui nous a servi.

Soudain, elle sortit le revolver de son sac et le secoua devant la jeune fille. A la vitesse de l'éclair, Seth tendit le bras et lui fit baisser la main :

— Mais t'es complètement givrée ou quoi ?

Hazel et Seth jetèrent un œil alarmé vers le comptoir, mais la serveuse était en train de nettoyer le percolateur de la machine à café et leur tournait le dos – à quoi tiennent les choses, parfois.

Comme Rhonda avait fini par ranger son revolver dans le sac, Hazel, soulagée, en profita. Elle lui posa la question qui lui brûlait les lèvres, depuis qu'elle était montée à bord de la Studebaker :

— Je veux savoir pourquoi tu m'as jetée dans le lac ! Aucune mère ne ferait une chose pareille !

— Détrompe-toi. C'est justement parce que je suis ta mère que je l'ai fait. Tout cela faisait partie d'un grand dessein, dit Rhonda, en lui donnant deux comprimés de scopolamine. Je t'expliquerai un jour, mais pas maintenant. Pour l'instant, tu n'es pas encore prête…

Elle s'interrompit un bref instant, fronçant le nez, avant d'ajouter cette phrase remarquable :

— Gardons les grandes révélations pour un jour où tu auras pris un bon bain. Les grandes vérités ne souffrent aucun défaut d'hygiène.

Chapitre 32

Une fois leur petit-déjeuner réglé à la serveuse du « *An y' tch n '* » avec les billets du pauvre Garrett, ils reprirent leur route afin de rejoindre l'Interstate.

Les quelques boutiques et restaurants du centre-ville firent bientôt place à des rues bordées de maisons en crépi ouvertes sur de modestes jardins : Hazel eut une pensée émue pour Teresa et Alan, qui devaient prendre leur petit-déjeuner.

Elle se les imaginait, dévastés, considérant sa chaise vide et se demandant pourquoi elle les traitait avec tant d'ingratitude.

Malgré elle, un soupir lui échappa et Rhonda se tourna vers elle, excédée :

— Quoi encore ? La princesse aurait voulu du caviar sur ses pancakes, peut-être ?

— Mais… pas du tout, bredouilla Hazel. Je voudrais juste appeler mes parents. Leur dire que je vais bien. Ils doivent être morts d'inquiétude.

Avant même d'avoir terminé sa phrase, elle sut qu'elle avait commis une erreur. Le regard de Rhonda redevint froid et coupant comme de la glace :

— Tes parents ? Ces deux branquignoles ? C'est moi ta mère !

Soudain, son regard tomba sur les vêtements d'Hazel :

— Passe-moi tes fringues.

Tandis que Seth, fidèle à lui-même, s'esclaffait, la jeune fille ouvrit de grands yeux:

— QUOI ?

— Tu m'as très bien entendue, jeune fille. Et arrête de battre des paupières comme si t'avais un putain de clignotant au milieu de la tronche !

— Mais pourquoi je ferais une chose pareille ? Je n'ai pas de vêtements de rechange ! protesta Hazel.

— C'est moi qui pose les questions, ici. Alors désape-toi et passe-moi toute cette puanteur. Ne me force pas à employer les grands moyens, ajouta-t-elle, en tapotant son sac où il y avait le revolver.

Vaincue, la jeune fille s'éloigna le plus possible du champ du rétroviseur pour éviter le regard de Seth et retira ses vêtements, en se tortillant derrière le siège de Rhonda. Comme celle-ci tendait avec impatience la main, Hazel y déposa en tremblant son short en jean et son tee-shirt :

— On ne pourrait pas…

Mais déjà, Rhonda ouvrait la fenêtre de sa portière et, sans l'ombre d'une hésitation, jeta ses vêtements sur la route.

Par réflexe, Hazel se retourna et vit, au beau milieu de la rue, ses habits tire-bouchonnés. Ils donnaient l'impression que la personne qui les portait s'était brusquement volatilisée dans les airs.

Hazel retint soudain un éclat de rire : ce n'était qu'une question de minutes avant qu'on ne les arrêtât pour exhibitionnisme.

— T'es complètement folle, fit Seth à Rhonda, en écho à ses pensées.

Mais celle-ci ne lui accorda aucune attention : elle regardait avec attention les habitations devant lesquelles ils passaient, à l'affût de quelque chose.

Soudain, elle posa la main sur le bras de Seth pour lui faire signe de ralentir. Elle finit par l'arrêter devant une maison, dont les bardeaux écaillés auraient eu besoin d'une bonne couche de peinture.

Le vent agitait légèrement le linge accroché à un vieux séchoir rouillé.

— Vas-y, fit Rhonda à Hazel, en donnant un coup de menton en direction des vêtements.

— Rhonda, t'es trop forte ! lança Seth et il se retourna vers Hazel pour lui faire un clin d'œil hilare.

La jeune fille, qui avait remonté les genoux au niveau de sa poitrine pour tenter de cacher sa semi-nudité frissonna. Elle regarda autour de la voiture : à l'exception d'une femme sortant d'un jardin avec une poussette, la rue était déserte.

Et elle n'avait pas le choix, comme le lui rappela Rhonda :

— Ne t'avise pas de vouloir nous fausser compagnie. On ne perdra pas notre temps à te chercher. On retournera directement à Plouc-ville et on fera parler Monsieur Pan-Pan ici présent, dit-elle, en agitant son revolver. Adieu, Alan Conway. Adieu, Teresa Conway.

— Tu connais leur nom ? demanda Hazel, atterrée.

— Je sais plus de choses que ton journal intime ne pourrait en contenir. Allez, va t'habiller, avant qu'il ne pousse de vilaines idées à Seth ! Son casier judiciaire te ferait rougir, la môme.

Hazel ouvrit alors sa portière et posa timidement un pied sur la chaussée. Au moins avait-elle conservé ses tennis. Elle tourna de nouveau la tête vers la femme à la poussette, mais celle-ci était penchée sur son bébé et ne regardait pas dans sa direction.

C'est le moment où jamais.

Elle courut en direction de la maison, en petite culotte et en soutien-gorge, traversant la rue le plus rapidement possible. Le ricanement de Seth, derrière elle, lui parvint distinctement et, au-delà de la honte qui l'étreignait, elle sentit la colère l'envahir : *ce n'est pas malin, il risque d'attirer l'attention de la mère du bébé.*

Elle se hâta de pénétrer dans le jardin… et se retrouva pour ainsi dire nez à nez avec un énorme chien, qui manqua presque de la faire tomber.

Fébrile, elle le laissa renifler sa main et elle lui caressa la tête, en priant pour qu'il n'aboyât pas. Mais c'était un bon toutou – *ou alors il doit penser qu'une adolescente en sous-vêtements « Fruits of the Loom » ne constitue pas une menace sérieuse.*

En définitive, il se contenta de battre la queue et de la suivre gentiment jusqu'au séchoir, où elle attrapa tout ce qu'elle pouvait le plus rapidement possible. *Pas le temps de faire le tri.*

Elle avisa soudain une porte, au fond du jardin, qui donnait sur la rue de derrière. Un bref instant, Hazel s'imagina courir jusqu'à une maison voisine, réclamer un téléphone et appeler la police, tandis qu'une femme ressemblant de manière troublante à Teresa lui servirait une tasse de thé, avec un sourire compréhensif.

Puis elle se vit rentrer à Charity, ouvrir la porte de la maison et tomber sur les cadavres de ses parents adoptifs, baignant dans une mare de sang, comme Garrett.

Non, elle ne pouvait pas courir un tel risque.

Elle caressa de nouveau le chien : « bon chien, bon chien », sa truffe humide lui rappela soudain celle de Bunny et elle sourit malgré elle, tandis qu'il nichait sa gueule pleine de bave dans la paume de sa main.

— Désolée, mon vieux, tu ne peux pas venir. Pas avec ces fous furieux !

Elle n'avait que trop tardé, ils devaient se demander ce qu'elle fabriquait. Elle se précipita hors du jardin et courut vers Seth et Rhonda, son butin sous le bras. Elle avait quasiment atteint la voiture, lorsqu'un cri lui fit tourner la tête.

C'était la femme à la poussette, qui l'avait manifestement vue sortir du jardin de sa voisine.

— Eh, toi là-bas ! Espèce de voleuse !

L'espace de quelques secondes, Hazel resta pétrifiée devant la voiture. Rhonda passa la tête par la fenêtre et dut lui crier :

— Qu'est-ce que tu attends ? Que tous les voisins rappliquent ? Monte, andouille !

Retrouvant enfin ses esprits, Hazel obéît et Seth démarra aussitôt en vitesse. Alors qu'ils dépassaient le jardin que la jeune fille venait de visiter, celle-ci enregistra du coin de l'œil un mouvement rapide : les choses se passèrent si vite, qu'elle n'eut pas le temps de crier à Seth de s'arrêter. La voiture sembla soudain faire un bond en l'air et la tête d'Hazel cogna contre le plafond de la voiture.

La jeune fille se mordit la langue jusqu'au sang, mais la larme qui coula sur sa joue n'avait pas grand-chose à voir avec la douleur.

Devant elle, Seth et Rhonda s'étaient remis à rire de plus belle, tandis que la voiture s'éloignait de la femme à la poussette, qui hurlait à présent. Malgré elle, Hazel jeta un œil en arrière, comme elle l'avait fait pour ses vêtements une dizaine de minutes plus tôt, et elle vit le corps de ce bon gros chien qui gisait sur la chaussée, au beau milieu d'une mare de sang.

Et pour toute épitaphe, comme pour Garrett, ces rires de cinglés.

Chapitre 33

Autant Seth s'était montré désireux de ne pas lambiner, après l'assassinat du pompiste, autant il prenait désormais tout son temps. La studebaker avait troqué ses chevaux nerveux pour de gentils escargots : s'ils parcoururent plus de deux cent *miles* ce jour-là, ce fut bien le bout du monde.

Le paysage qui défilait au-dehors semblait éreinté par la chaleur et le vent s'engouffrant par les fenêtres ouvertes, une promesse de fraîcheur qu'il ne tenait pas. Il asséchait les lèvres et donnait soif, soif, soif.

Hazel eut donné un royaume, Hamlet et son stupide cheval pour une bonne bouteille de limonade. Elle avait l'impression que la dernière fois qu'elle en avait bue remontait à ses escapades au lac Katrine, avec Tim et Justin – c'était de loin leur boisson favorite pour roter toutes les lettres de l'alphabet.

Une fois qu'ils avaient terminé la bouteille, ils la faisaient décoller comme une fusée, en allumant un monticule de pétards sous son culot. C'était presque aussi génial que leur film favori : Le Blob – *« Indescriptible… Indestructible ! Rien ne peut l'arrêter ! Le Blob ! »*, comme clamait l'affiche.

Les garçons se chamaillaient toujours pour savoir lequel des deux imitait le mieux Steve McQueen, le héros en lutte contre une énorme masse gélatineuse échappée d'une météorite – le Blob, donc.

Une fois, lassée de les entendre se disputer, Hazel avait sorti de sa poche un nouveau chapelet de pétards :

— Et si on faisait péter une bonne durite à cette vieille Miss Jeanny ?

Ni une ni deux, les deux garçons avaient suspendu leur cordial échange d'insultes pour emboîter le pas d'Hazel et gagner le quartier où habitait Miss Jeanny. Tim avait fait la courte échelle à la jeune fille, afin qu'elle regardât par-dessus la palissade ceinturant le jardin de leur institutrice.

— Alors ? avait demandé Justin, une fois Hazel redescendue des épaules de Tim.

— Elle est sur son transat, dans le jardin. Je crois qu'elle dort.

Les jeunes gens avaient fait le tour du jardin et pénétré en douce par la porte de devant. Hazel leur avait désigné la forme vautrée sur le transat et le cadavre de bouteille qui gisait à ses pieds :

— Terrain dégagé, leur avait-elle lancé, à voix basse.

— Roger, avait répondu Tim, imitant le Major Dan Kirby dans « Les diables de Guadalcanal ».

— On y va ! avait conclu Justin.

Les deux garçons avaient alors rampé jusqu'à la chaise longue de Miss Jeanny, s'interrompant chaque fois que ses ronflements sonores baissaient d'intensité.

Une fois parvenus derrière elle, ils avaient disposé toute leur réserve de pétards sous le transat, qui moulait le large derrière de l'institutrice. Ensuite, Justin avait pris le gros sachet de poudre noire récupéré dans le garage de son père, saupoudré

176

la charge, puis répandu le reste, de la chaise longue jusqu'à l'entrée du jardin.

Un instant, ils avaient contemplé la ligne de poudre qui conduisait jusqu'à Miss Jeanny, qui continuait de ronfler, un livre à l'eau de rose ouvert sur son ventre.

— Allez-y, soldat Tim, avait dit Justin, laissant généreusement le garçon gratter l'allumette de mise à feu.

Ravi, Tim ne s'était pas fait prié et ils avaient tous trois suivi, fascinés, la rigole de feu filer, à toute vitesse, vers le transat.

La pétarade *pan-patapan-pan-patapan-pan !* avait éclaté juste sous Miss Jeanny, qui avait alors fait un bond de quatre mètres en l'air, comme le rapporteraient plus tard les trois innocents témoins présents.

Elle avait jailli de son transat, le feu aux fesses, littéralement, mais les trois amis avaient eu le temps d'enregistrer la vision fugitive de deux grosses lunes tremblotantes. *« Indescriptible… Indestructible ! Rien ne peut l'arrêter ! Le Blob ! »*

Sa robe d'intérieur en nylon avait en effet pris feu d'un coup et les jeunes gens l'avaient vue, médusés, tourner sur elle-même pour tenter d'atteindre la flamme. Paniquée, elle avait fini par se précipiter dans la rue où, heureusement pour elle, passait justement Mr Blanchett, une planche à la main.

Dès qu'il avait vu Miss Jeanny jaillir comme un bouchon de champagne de son jardin, un panache de fumée non identifié dans son sillage, il s'était rué sur elle et lui avait administré, à l'aide de sa planche, ce dont rêvait la moitié de la population de Charity et l'intégralité de ses élèves : une bonne fessée.

Le hurlement de Miss Jeanny avait été si impressionnant qu'il avait précipité sous leur table ses voisins, convaincus d'entendre la sirène d'une attaque thermo-nucléaire. *Jackpot-Bingo-Boum* !

Après cela, Miss Jeanny avait fait cours sans s'asseoir durant une semaine entière.

Les trois amis n'avaient jamais autant ri de toute leur vie.

Comme tout cela lui semblait loin, à présent !

Enfin, la voiture s'arrêta à la sortie d'un village, non loin d'un marchand d'avocats et de pastèques auprès duquel ils se ravitaillèrent.

Après un frugal repas, Rhonda obligea Hazel à remonter dans la Studebaker et, une fois verrouillée la sécurité-enfant des portes arrière, s'allongea sur les sièges avant.

— T'avise pas de fuguer, la môme. Sinon, tu sais qui paiera à ta place.

Hazel opina de la tête. A présent, elle était presque contente de savoir Justin à son boot camp à Fort Polk, en Louisiane : au moins là-bas ne risquait-il rien.

Quelques instants plus tard, elle entendit le discret ronflement de Rhonda.

Quant à Seth, il était parti un peu plus tôt en direction des habitations, avec un bidon et un tuyau de caoutchouc, dans l'intention de siphonner l'essence de quelques voitures.

La chaleur et l'odeur de transpiration dans l'habitacle étaient intenables.

Sous le volant, Hazel pouvait voir la clé et la patte de lapin qui y était attachée.

Une telle occasion ne se reproduira peut-être pas et puis, même si Seth et Rhonda se lancent dans une expédition punitive, j'aurai le temps d'appeler Alan et de le prévenir. Il a fait la guerre de Corée, il saura comment se défendre.

Prise d'une impulsion subite, elle se pencha, tendit la main et attrapa le porte-clés. Ensuite, elle ouvrit silencieusement sa fenêtre, mais celle-ci se bloqua à mi descente : la jeune fille dut se tortiller pour se hisser au-dehors, en prenant appui sur le toit de la voiture. La chaleur était telle, que le métal lui mordait les avant-bras.

Elle était sur le point de parvenir à ses fins, lorsqu'une voix derrière elle la fit sursauter :

— Alors, on tente encore de se faire la belle ?

En découvrant Seth juste derrière elle, Hazel ravala un soupir de dépit.

Il était pieds nus, voilà pourquoi elle ne l'avait pas entendu venir.

— Les clés, fit-il, en tendant sa paume ouverte et la jeune fille, les larmes aux yeux, y déposa la patte de lapin.

Elle acheva de s'extraire de la voiture et trempée de sueur, se laissa glisser à terre, à l'ombre du véhicule.

Seth releva son pantalon pattes d'eph' pour s'assoir à ses côtés. Puis il sortit de la poche de son gilet à franges son paquet de feuilles à rouler et entreprit tranquillement de se préparer un joint.

— Tu es sûr que c'est une bonne idée ? fit Hazel, en lui désignant le bidon d'essence presque plein, qu'il venait de déposer près de la voiture.

Seth jeta un coup d'œil à son joint et au briquet qu'il venait de sortir :

— Oh la môme, j'ai même pas réfléchi, mais avec toute l'essence que je viens de siphonner, je me serais cramé l'œsophage direct ! s'exclama-t-il, en rangeant herbe, papier et briquet dans la poche de son gilet.

Pour la première fois depuis qu'ils avaient quitté Charity, Hazel eut envie de sourire. Avec sa chevelure châtain bouclée, ses yeux bleu lagon et son bronzage, Seth était certes beau gosse, mais nettement moins malin qu'il ne se l'imaginait.

— Pour ce matin, sur le parking… commença la jeune fille.

Le jeune homme lui jeta un regard impénétrable :

— Tu te demandes si je vais en parler avec Rhonda ?

— Je voulais juste aller aux toilettes.

— A d'autres ! Et les clés, tu comptais en faire quoi ? Depuis que nous avons quitté ton bled, tu ne penses qu'à y retourner.

Hazel le regarda avec un air choqué :

— Tu sembles oublier que vous avez tué un homme à la station-service. Garrett. Rien ne vous y obligeait !

Seth soupira, avait de hocher la tête :

— C'était un chouette gars, il m'a dit qu'il venait d'Alabama. Rhonda prétend que le coup est parti tout seul.

— Et… et tu la crois ??

De nouveau, Seth laissa échapper un soupir :

— Il ne s'agit même plus de ça, à présent. Je veux dire, de la croire ou non. Rhonda, on est avec ou contre elle.

Seth fit une pause si longue, qu'Hazel pensa qu'il n'avait plus rien à ajouter.

Soudain, il sortit de sa poche une carte routière, la déplia et jeta un bref coup d'œil sur un itinéraire marqué au stylo. Avant de la froisser et de la jeter par la fenêtre entrouverte, à l'arrière de la voiture.

— Cette route, je la connais par cœur. Quand bien même je le voudrais, impossible de l'oublier.

Il se frotta le menton du pouce, comme pour effacer une tache invisible et soupira :

— La première fois où j'ai vu Rhonda, elle bossait *Chez Bernie,* un vrai bouge. Moi, je travaillais pour Zeus Delanay, un homme dont il ne vaut mieux pas se moquer et qui m'avait chargé de mettre la main sur elle. Il m'avait promis une coquette somme… mais j'ai oublié le fric dès que je l'ai vue.

Ses yeux se voilèrent :

— Elle avait beau porter cette longue robe blanche que ce barré d'hippie de Frère Yov les oblige toutes à mettre, ça se voyait qu'elle avait rien d'un ange et tout d'une belle garce. Elle fumait une cigarette au bout d'un de ces machins improbables, là…

— Un porte-cigarette ?

— Ouais, sans doute. Rhonda aime bien les trucs qui servent à rien, mais qui en jettent. Bref. Ce soir-là, elle m'a fait l'effet d'un sérum de vérité : je me suis retrouvé à tout lui déballer : Zeus Delanay, le fric et tout le reste et l'instant d'après, on se roulait des pelles à n'en plus finir. Après ça, on a quitté ce rade où elle travaillait : on est allé rendre visite au type pour qui elle tapinait et mon poing et moi, on a transmis nos politesses à ce bon Frère Yov. Entre nous soit dit, avant de me connaître, ta mère a toujours eu des goûts de merde pour choisir ses hommes, que ce soit cette brute de Zeus, ou cette chiffe molle de Frère Yov à la noix. Bref. Où en étais-je ? Ah oui, après, on s'est mis en route et Rhonda a décidé de venir te chercher. Et maintenant, on retourne là-bas.

— Chez Frère Yov ?

— Disons qu'il n'est pas loin de Montgomery et comme on y passe… Rhonda a un dernier truc à régler avec lui.

Hazel garda le silence quelques minutes, avant de lui demander :

— Seth, pourquoi elle a fait ça ? Je veux dire, me jeter à l'eau ?

— Laisse-lui le temps, elle finira par te le dire. Ce sont vos histoires, pas les miennes.

Il claqua ses mains sur les cuisses et se releva :

— Et pour revenir à ce matin…

Son regard lascif s'attarda sur les jambes nues de la jeune fille :

— Vous êtes en dette, jeune fille. Il va falloir que tu trouves un moyen d'être gentille avec tonton Seth.

Hazel le regarda se relever, attraper le jerricane d'essence et faire le plein de la voiture, en fredonnant.

Dans tes rêves, Seth. Dans tes rêves.

Chapitre 34

Ils roulèrent jusque tard le soir, toujours vers le sud.

Quand ils s'arrêtèrent enfin sur un terre-plein, à proximité d'un Holiday Inn, il était plus d'une heure du matin. Tous les clients dormaient, de même que le jeune gardien dans sa guérite, affalé sur un énorme livre de droit.

A une vingtaine de mètres de sa loge minuscule, une lumière bleue et mouvante éclairait la nuit au niveau du sol, tel un mirage.

Seth leur fit signe de quitter la voiture :

— Je me suis déjà arrêté de nuit ici : vous allez voir, y a quelque chose de sympa.

— Je tombe de fatigue, marmonna Rhonda, j'espère que ta surprise en vaut la peine !

Après avoir franchi une petite haie qui leur griffa les mollets, ils se retrouvèrent devant une piscine en forme de haricot. Les néons sous l'eau faisaient miroiter sa surface, promesse de fraîcheur au milieu de l'été caniculaire.

Seth se déshabilla en quelques secondes, imité par Rhonda et tous les deux s'immergèrent dans la piscine avec un plaisir manifeste.

De son côté, Hazel s'était laissée tomber sur une chaise longue. Du coin de l'œil, elle pouvait voir le porte-clés agrémenté d'une patte de lapin dépasser de la poche du jean de Seth. Le sac de Rhonda était sur une chaise-longue, un peu plus loin, avec ses vêtements.

Alan lui avait appris à conduire l'été dernier. Elle pouvait le faire. Elle se voyait attraper les clés, balancer le sac de Rhonda avec le revolver au loin et courir vers la voiture. Elle roulerait le plus vite possible jusqu'à la première station essence venue, ou mieux, jusqu'au poste de police et appellerait ses parents.

Et ce cauchemar serait enfin terminé.

Comme elle s'approchait du jean en boule de Seth, Rhonda l'apostropha :

— Tu cherches quelque chose, Hazel ?

Grillée, plus moyen de revenir en arrière. La jeune fille se baissa et attrapa le porte-clés, mais au moment où elle tirait dessus, elle sentit que quelque chose n'allait pas.

Lorsqu'elle regarda ce qu'elle tenait dans sa main, elle vit que l'anneau du porte-clés était vide.

De la piscine, partit soudain un rire aigu :

— C'est ça que tu cherches, la môme ? s'écria Rhonda, en brandissant une clé de voiture, à bout de bras. Tu vois, je t'avais bien dit, Seth, qu'à la première occasion elle essaierait de nous faucher les clés !

Hazel eut une exclamation de dépit, tandis que Seth et Rhonda s'esclaffaient bruyamment.

— Regarde la patte, Hazel, dit soudain Rhonda.

La jeune fille baissa les yeux sur la petite patte blanche qui pendait au bout du porte-clés vide.

— Elle ne te rappelle rien ? Allons, fais un effort !

Hazel pâlit et sa main se mit à trembler, tandis que Rhonda poursuivait :

— Il s'appelait Bunny, n'est-ce pas ? Ton stupide lapin, qui m'a mordu et que j'ai mis à rôtir dans le four ! Et tu veux savoir le plus drôle ? Je te l'ai servi au repas suivant !

Le souvenir des pattes de son lapin désespéré griffant la porte du four revint à Hazel, qui lâcha le porte-clés avec effroi.

— Rhonda, tu es complètement tarée, fit Seth, mort de rire.

— Peut-être, fit celle-ci, mais moi je sais garder la tête froide.

Elle s'approcha du bord de la piscine et interpella Hazel, qui semblait encore choquée par ce qu'elle venait d'entendre :

— C'était il y a plus d'un siècle et je t'ai déjà dit que j'étais camée jusqu'aux yeux. On ne va pas en faire toute une histoire. Viens te baigner.

— Allez viens, elle est bonne ! renchérit Seth, en lui faisant signe de les rejoindre.

Hazel frissonna, malgré la chaleur. Soudain, elle se sentait sale et épuisée.

Indifférente aux regards appuyés de Seth, elle se mit en sous-vêtements et pénétra dans la piscine. Ignorant Seth et Rhonda, qui s'étaient rapprochés et s'embrassaient comme s'ils étaient seuls au monde, Hazel se laissa flotter à la surface de l'eau, les yeux grands ouverts sur la voûte étoilée.

Son esprit était retourné à Charity.

Leur table de salle à manger devait à présent crouler sous quantité de plats à gratins, de saladiers, de tourtes, de pains de viande (celui de Mrs Wilson, reconnaissable entre mille à sa croûte carbonisée) et de cakes divers et variés, emballés dans des feuilles argentées.

A Charity, c'est comme ça qu'on conjure le mauvais sort : par de la nourriture et des feuilles d'aluminium. Les gens se plaignent toujours de prendre dix kilos à chaque enterrement.

La jeune fille immergea un peu plus la tête sous l'eau et les *poum-poums* de son cœur firent passer les rires de Seth et de Rhonda au second plan. Ses yeux, ouverts en grand, étaient occupés à faire le plein d'étoiles, quand une voix étrangement distincte interrompit le clapotement autour d'elle.

— *Alors on en est là ?*

— *Fous le camp, Justin. Là, ce n'est vraiment pas le moment.*

— *Oh que si, ça l'est. Qu'est-ce tu fiches avec ces deux-là ?*

— *Mêle-toi de ce qui te regarde, Justin Wilson ! Au cas où tu ne t'en souviendrais pas, tu es à ton boot camp ou même, va savoir, déjà au Vietnam, à des milliers de kilomètres d'ici. Probablement mort.*

— *Pas si mort que ça, tu parles avec moi.*

— *Parce que je n'arrive pas à te sortir de ma tête. Tu es un pot de colle qui adhère à ma mémoire. Fiche le camp, te dis-je.*

— *Tu sais pourquoi je ne pars pas.*

— *Je t'assure que non. Et je n'ai pas envie de le savoir, ni d'en discuter. Je ne pense pas que le fait de dialoguer avec un fantôme soit un signe de bonne santé mentale en soi.*

— *Tu sais ce qu'il te reste à faire ? Tu te rappelles de notre nom de code ?*

Hazel eut soudain un sursaut, qui lui fit boire la tasse et elle se redressa brusquement, en hoquetant. Rhonda lui jeta un œil sarcastique :

— Tu gardes tes chaussures pour te baigner, toi ?

La jeune fille haussa les épaules, se hâtant de sortir de l'eau.

La plaisanterie avait assez duré.

Chapitre 35

Après être remontés en voiture, ils roulèrent encore une heure.

Il était trois heures du matin, quand ils s'arrêtèrent devant un motel décrépi, dont la piscine n'avait pas dû accueillir de nageurs depuis au moins une bonne décennie. Des rats couraient sur le carrelage fissuré, au milieu de flaques d'eau croupies et envahies de moustiques.

Ils venaient de se garer en face de leur chambre, quand un homme hirsute surgit devant eux. Il était habillé de plusieurs couches de vêtements plus crasseuses les unes que les autres et son caddie regorgeait d'un bric à brac qui eut été mieux à sa place dans une poubelle. Sa bouche s'ouvrit sur une rangée de chicots et une haleine qui sentait les chicanes :

— Votre caisse, c'est une studebaker, 'ce pas ?

Seth lui jeta un regard amusé et répondit :

— Oui, c'en est une. T'aimerais bien la conduire ?

Rhonda arracha la clé de la chambre des doigts de Seth et se dirigea vers la porte, murmurant une insulte. Le regard de l'homme vacilla dans sa direction, avant de revenir se fixer sur Seth :

— Votre dame, là, elle a pas l'air très commode. Je vais pas la voler, c'te voiture.

Il se pencha et, les mains en conques, regarda longuement par la fenêtre du passager avant, à l'intérieur de l'habitacle.

— Elle a ses humeurs, dit Seth. Et on ne peut pas dire que tu sentes la rose : on te croirait sorti tout droit d'une benne.

— Il a pas plu depuis un bon moment, par ici. C'est pas d'ma faute, si mon hygiène dépend du bulletin météo. A Seattle, j'serai propre comme un sou neuf.

Enfin, le clochard termina son examen de la voiture et se redressa, sa langue claquant de satisfaction.

— C'te caisse, elle est pas plus à vous qu'à moi.

Le sourire de Seth se figea sur ses lèvres :

— Ah oui, et à quoi tu vois ça ?

— Je suis peut-être sans toit, mais pas sans cervelle. Z'avez pas la tête à conduire ce genre de voiture et si j'crois la photo sur le sol de vot'bagnole, z'êtes pas de la famille des proprios non plus !

Seth ferma doucement son poing et Hazel retint sa respiration.

— Qu'est-ce que tu veux ? demanda Seth au vagabond.

— Juste passer la nuit avec quelque chose de chaud dans le four, répondit l'autre en se caressant le ventre. Quelques dollars, et je m'arrange pour que personne ne s'intéresse de trop près à vot'caisse.

Seth secoua la tête, mais en définitive, il eut un petit ricanement et sortit un billet de sa poche, qu'il brandit entre l'index et le majeur. L'homme attrapa son dû sans se faire prier, puis la nuit les avala, son caddie et lui, aussi vite qu'elle les avait crachés quelques instants plus tôt.

La chambre était miteuse : deux lits doubles, une moquette constellée de brûlures de cigarettes et une télé, qui ne s'allumerait qu'avec une intervention divine. Epuisée, Hazel s'effondra sur un des lits, la tête tournée vers le mur en lambris. Dans son dos, elle entendait Seth et Rhonda aller et venir dans la chambre. Après avoir roulé quelques joints et vidé autant de bouteilles, ils finirent par se lasser et passer à un autre type d'activité.

Bientôt, des soupirs et le bruit de vêtements qu'on retirait parvinrent à Hazel, qui eut de loin préféré disparaître sous terre, plutôt que d'assister à leurs ébats. Mais, à part décoller une latte du mur et tenter de les assommer avec, elle ne voyait pas d'autre alternative. Seth avait certainement caché les clés de la voiture et le motel étant au milieu de nulle part, elle n'irait pas bien loin en pleine nuit.

Aussi s'efforça-t-elle, paupières et mâchoires serrées, de penser à autre chose qu'aux bruits écœurants provenant du second lit.

Enfin, Seth tressaillit en soupirant et le silence retomba dans la chambre.

Quelques minutes plus tard, Rhonda se releva, pour attraper son paquet de cigarettes dans son sac. En passant devant Hazel, allongée sur le couvre-lit, Rhonda la secoua sans ménagement :

— Eh, la môme, t'enlève jamais tes chaussures ?

Cette fois-ci, il n'était plus question de faire semblant de dormir. Dans un mouvement d'humeur, Hazel retira ses sneakers encore humides, sans se donner la peine d'en dénouer les lacets.

— Tes chaussettes.

La jeune fille se souleva à moitié et jeta un regard de défi à Rhonda, qui ne portait en tout et pour tout qu'un pendentif hippie sur sa poitrine plate comme une limande.

— Quoi, mes chaussettes ?

Derrière Rhonda, elle pouvait voir Seth vautré sur le lit, tétant un joint et nu comme un ver. Elle ne put s'empêcher de rougir et son embarras manifeste le fit ricaner.

— Retire-les, fit Rhonda, d'une voix froide.

La dernière chose dont Hazel avait envie ce soir-là, c'était de leur dévoiler son pied mutilé. Elle s'était suffisamment exposée comme cela pour aujourd'hui.

— Qu'est-ce que ça peut te faire, que je les garde, d'abord ?

— Oh, mais écoute-moi ça Seth, on dirait qu'il y a un petit peu de rébellion dans l'air !

Rhonda ricana et, sans lui donner le temps de réagir, lui retira de force ses socquettes. Son geste donna tout à coup l'impression à Hazel d'être revenue des années en arrière, à l'anniversaire de Clara et elle poussa un cri de rage.

Mais soudain, le regard de Rhonda se posa sur ses pieds et les traits de son beau visage se décomposèrent :

— Qu'est-ce que ?... bredouilla-t-elle.

Elle s'interrompit, livide.

— C'est moi, c'est ça ?

Oui, banane, c'est ce qui arrive, quand on fait marcher son enfant dans la neige en chaussons, avant de la balancer dans une eau gelée.

Au lieu de quoi, elle se contenta de hocher la tête, pas mécontente de voir Rhonda perdre un peu de sa superbe glacée.

Rhonda se releva maladroitement et tituba jusqu'à son lit où elle s'assit, une curieuse expression sur le visage.

Hazel remit ses chaussettes, sans mot dire. C'était une bien maigre victoire, mais pour la première fois, un changement semblait s'être opéré chez Rhonda.

On dirait que Madame Froideur Incarnée semble moins sûre d'elle, tout d'un coup.

Chapitre 36

Lorsqu'Hazel s'éveilla, le soleil filtrait au travers des stores et des rais de lumière faisaient danser d'infimes particules de poussière dans l'air.

Comme elle repoussait ses draps pour se lever, un gémissement lui parvint de la salle de bains. Comme elle tournait la tête en direction du bruit, elle vit que l'autre lit était vide – excepté une énorme tâche de sang sur le drap à la propreté douteuse.

Ça doit être la mauvaise période du mois pour Rhonda.

Mais la plainte assourdie se répéta de nouveau et Hazel retint son souffle. C'était bien la voix de Rhonda et si elle souffrait comme ça, ça ne devait pas être à cause de simples douleurs menstruelles.

Juste au moment où elle se redressait, la porte de l'entrée s'ouvrit à toute volée. Seth ne lui accorda pas un regard et se précipita dans la salle de bains, un seau à la main :

— Je t'ai trouvé de la glace au distributeur dans le couloir, ça va te soulager !

La main d'Hazel tâtonna sur la table de nuit entre les deux lits, son regard ayant vaguement enregistré la présence d'un verre d'eau à son réveil. Sans quitter des yeux la porte de la salle de bains, où les gémissements avaient repris de plus belle, elle le porta à ses lèvres.

Au moment où elle allait en avaler une gorgée, elle réalisa soudain que l'eau avait une couleur étrangement rougeâtre et qu'il y avait quelque chose au fond du verre.

En voyant de quoi il s'agissait, elle poussa un cri étranglé et lâcha aussitôt le verre. Là, sur la moquette usée, il y avait un petit doigt de pied coupé, laissant voir la pointe blanche de l'os.

Au prix d'un gros effort, elle parvint à contenir sa brusque envie de vomir et tituba vers la salle-de-bains.

Quand elle poussa le battant, Seth achevait de confectionner un pansement autour du pied droit de Rhonda, avec une bande qu'il avait dû trouver dans l'armoire à pharmacie. Puis il ôta le sac de la poubelle sous le lavabo, y versa l'intégralité des glaçons du seau et posa le tout, avec un luxe de précautions, sur le pied de Rhonda.

Celle-ci était plus pâle que la mort. Quand elle aperçut Hazel, elle tenta maladroitement de dissimuler derrière son dos un couteau taché de sang.

Le sol de la salle de bains était couvert d'une longue traînée écarlate.

Les jambes d'Hazel se mirent à trembler et elle se sentit glisser contre la porte de la salle de bain :

— Mais qu'est-ce que tu as fait ? dit-elle.

— J'ai payé ma dette. Je suis désolée, la môme. Si je pouvais revenir en arrière… Un jour, tu comprendras. Je ne dis pas que tu me pardonneras, mais certaines choses te paraîtront plus intelligibles.

Les traits tirés, Seth secoua la tête :

— T'es complètement barjo, Rhonda ! T'avais pas à faire une chose pareille… même pour la gosse !

— Si, je devais, Seth. Sans quoi, je crois que la môme ici présente aurait continué de ne pas nous prendre au sérieux, n'est-ce pas ? demanda-t-elle et cette question s'adressait bien sûr moins à Seth qu'à Hazel.

La jeune fille retourna dans la chambre et se laissa lourdement tomber sur son lit, le cœur battant. Ce geste était celui d'un esprit détraqué, mais qui obéissait néanmoins à sa propre logique. Rhonda avait appliqué la loi du Talion à sa sauce, en la retournant contre elle-même.

Oh, je ne suis pas stupide au point de ne pas voir la part de manipulation, consciente ou non, qu'il y a dans cet acte. C'est la manière de Rhonda d'effacer l'ardoise et elle a dû estimer qu'après la soirée d'hier et tout le reste, c'était le seul moyen de me retenir. Et pour une fois, elle a raison : un choc pareil, ça vous prive de l'usage de vos jambes pour un bon moment.

Mais Seth ne lui laissa pas le temps de pousser sa réflexion plus avant :

— Aide-moi à l'amener jusqu'à la voiture, on doit filer d'ici.

— Tu es sûr qu'on ne devrait pas appeler un docteur ? demanda Hazel, en jetant un regard au visage blafard de Rhonda. Si elle fait une infection, ou si elle perd trop de sang…

— C'est un petit orteil, pas un bras non plus ! fit Seth. Aucun risque d'hémorragie, crois-moi là-dessus sur parole : j'ai vu des blessures cent fois plus laides en prison. Et puis je lui ai donné du peyotl, ça ira.

Au moment où ils quittaient le parking, il sembla à Hazel apercevoir le caddie du clochard de la veille renversé dans le fossé, les quatre roues en l'air. *C'est un miracle que nous ayons encore une voiture en état de marche ce matin.*

Chapitre 37

En définitive, Rhonda reprit assez vite le dessus, puisant sans vergogne dans la réserve d'herbe à rire de Seth et son sac plein de pilules. Bientôt, sous l'effet combiné des deux, elle se mit à planer.

Chaque fois qu'ils ralentissaient ou qu'ils se garaient quelque part, Hazel priait pour qu'on les arrêtât à cause de l'odeur, ô combien reconnaissable, du cannabis, qui imprégnait l'intérieur du véhicule.

Mais rien de tel ne se produisit.

Les deux nuits suivantes, ils dormirent dans la voiture, Seth et Rhonda ayant dépensé l'argent volé dans la station-service.

— N'oublie pas qu'on doit au moins tenir jusqu'au six, pour voir Frère Yov ! Et il ne nous reste plus que deux dollars et cinquante cents, fit remarquer Rhonda, en jetant un coup d'œil à Seth, avant de se retourner vers Hazel.

— Quoi, qu'est-ce qu'il y a ? demanda cette dernière, alarmée. Pourquoi tu me regardes comme ça ?

— Parce que c'est à ton tour de nous trouver de quoi poursuivre le voyage. Seth, arrête-toi à la prochaine aire, près des camions.

Hazel la regarda sans comprendre. Si Rhonda s'imaginait qu'elle allait braquer une station-service, elle aussi, elle se mettait le doigt dans l'œil jusqu'au coude.

— Non, rassure-toi, fit Rhonda qui semblait lire dans ses pensées. Tu n'as pas encore les nerfs assez solides pour ça. On te réserve une autre mission.

Une fois la voiture garée, ils obligèrent Hazel à rester dans la voiture, tandis qu'ils allaient discuter un peu plus loin, non sans jeter de temps à autre des regards entendus dans sa direction.

De quoi peuvent-ils bien parler ?

— *Tu as réfléchi à ce que je t'ai dit, la dernière fois ? fit soudain la voix de Justin à ses oreilles.*

— *Chut, Justin, ce n'est vraiment pas le moment, là. J'essaie de lire sur les lèvres de Rhonda et Seth. Apparemment, ils veulent que j'aille sur l'aire des camions. J'espère qu'ils ne vont pas me demander d'en voler un, je ne saurai jamais conduire un truc pareil. A tous les coups, si je refuse, Rhonda va vouloir me couper un autre orteil.*

— *Ecoute-moi. Le code. N'oublie pas.*

Mais Hazel l'ignora. Elle était consciente qu'elle était victime d'une hallucination. Elle avait beaucoup maigri, depuis qu'ils avaient quitté Charity et les effluves de friture émanant du Roy Rogers, derrière Rhonda et Seth, la faisaient saliver.

Enfin, après quelques dernières messes basses et des regards entendus, Rhonda et Seth revinrent vers la voiture, Rhonda claudiquant lourdement, le visage marqué par la souffrance. Seth la soutenait avec sollicitude, paraissant plus entiché que jamais, sa grande carcasse papillonnant autour d'elle, tel un insecte de nuit autour de la lumière vaine d'une ampoule.

Quand ils remontèrent dans la voiture, Hazel remarqua que Seth évitait son regard. Elle décida de prendre les devants :

— Je sais ce que vous allez me demander, mais c'est impossible. Je ne saurai jamais comment faire démarrer un engin pareil.

— De quoi parles-tu ? demanda Rhonda, agacée. On ne te demande pas de voler un putain de camion, mais seulement de dérober du fric à un routier. Et même ça, techniquement, tu n'auras pas à le faire. C'est Seth, qui s'en chargera.

— Il faut juste que tu l'occupes pendant quelques instants, la môme. Que tu détournes son attention.

— Et je m'y prends comment ? demanda l'adolescente, médusée.

— Eh bien pour commencer, fit Rhonda, on va te rendre plus présentable. Approche-toi.

Hazel obéit et Rhonda entreprit de lui barbouiller les joues de rouge, avant d'estomper le tout du bout des doigts. Puis elle lui maquilla les lèvres et remit de l'ordre dans les cheveux décoiffés d'Hazel, qui eut une brève pensée pour Tim. *Il aurait certainement adoré mes nouvelles peintures de guerre, Ugh !*

— Bon, ta robe est toute froissée, mais ça fera l'affaire. Tu n'es pas sensée la garder, de toute façon.

Ses paroles firent l'effet d'une douche glacée à Hazel :

— Quoi ? s'écria-t-elle, en se renfonçant d'un coup contre le siège arrière, les genoux remontés frileusement contre sa maigre poitrine. Pourquoi je ne suis pas supposée garder ma robe ?

— Parce que tu vas jouer les petites putes à routiers, ma belle, voilà tout.

Mon royaume pour dix bières et une montagne de scopolo-cachetons ! brama, à l'intérieur d'Hazel, une voix rogue qu'elle ne reconnut pas.

— Tu dois juste t'arranger pour monter avec un des types dans son camion. Là-dessus, moi je débarque et je lui fais les poches, fit Seth, en se forçant cette fois-ci à la regarder.

— NON ! s'écria Hazel, choquée. Je ne pourrai jamais faire une chose pareille !

— Pourtant, tu vas bien être obligée, fit Rhonda. Si on pouvait te faire confiance, on te filerait le flingue pour que tu fasses le boulot toute seule, mais tu n'as pas encore fait tes preuves. Prouve-nous ta loyauté. Donne-nous une raison de croire qu'on n'aura jamais besoin de retourner dans ce trou paumé de Charity, pour avoir une petite discussion désagréable avec les Conway.

L'espace d'un instant, Hazel imagina Rhonda et Seth débarquant dans la cuisine bien proprette de Teresa. *Rien qu'en voyant les pieds nus et sales de Seth sur son carrelage immaculé, elle ferait une crise cardiaque.*

Trois petits comprimés, apparus comme par magie dans la main de Rhonda, vinrent à bout de ses dernières réticences et Hazel finit par hocher la tête, la mort dans l'âme.

Alors qu'elle ouvrait sa portière, elle marqua une dernière hésitation :

— Si Seth n'intervient pas à temps, qu'est-ce qu'il va se passer ?

Avant que Rhonda n'eut le temps de répliquer, Seth sortit de la voiture, en fit le tour et lui leva le menton pour la forcer à le regarder dans les yeux :

— Alors écoute, ma belle : une fois que tu es à l'intérieur, tu n'auras qu'à compter jusqu'à trente et je serais là. Tu entends ? Trente petites secondes de rien du tout, c'est tout ce que tu auras à attendre !

Quelques minutes plus tard, Hazel se dirigeait vers les camions rutilants, ses dents et ses genoux jouant de concert des castagnettes.

La chaleur était telle, que la plupart des routiers avaient laissé fonctionner l'air conditionné et le parking toute entier semblait bruire d'une rumeur métallique.

Avec un boucan pareil, personne ne t'entendra, si tu te mets à crier.

Sentant la panique monter en elle, la jeune fille se força à respirer calmement, puis commença à faire timidement le tour des camions. C'était l'heure du dîner et la plupart des conducteurs étaient à l'intérieur du restaurant : Hazel se détendit un peu, voyant qu'elle ne rencontrait personne.

Soulagée, elle s'apprêtait à faire demi-tour pour rejoindre Seth et Rhonda qui, là-bas, ne perdaient pas une miette de son manège, lorsqu'une voix derrière elle la fit sursauter :

— Eh, petite, tu vas où comme ça ?

Surprise, Hazel fit volte-face et se retrouva nez-à-nez avec un homme énorme, les yeux scotchés sur ses jambes nues. Son débardeur tâché de transpiration laissait voir une peau pâle, à l'exception du bras gauche, très bronzé – celui qu'il devait accouder à la portière quand il conduisait.

— Inutile de te demander ce que tu fiches ici, hein, ma jolie ? Ça te dit de monter dans mon camion, pour que je te montre mon gros… moteur ?

Son sourire découvrit des dents qui n'avaient pas dû voir de brosse à dents depuis une bonne décennie. Deux arcs de cercle crasseux autour de ses yeux laissaient penser qu'il portait des lunettes de soleil la plupart du temps.

Il puait les mauvaises intentions à plein nez.

Hazel fit taire la petite voix qui lui criait de s'enfuir et s'efforça de sourire.

— T'es pas une grande bavarde, toi ! Exactement mon type de nana.

Il recula jusqu'au camion le plus proche et ouvrit la portière en grand :

— Après vous, mon enfant.

Avant de monter dans le camion, la jeune fille lança mentalement une pièce invisible en l'air. *Pile, Seth arrive comme promis dans les trente secondes. Face… je perce tous les tympans à dix mètres à la ronde.*

Chapitre 38

Trente secondes.
Rien ne se passe, la pièce a dû tomber sur la tranche.

Une fois à l'intérieur, le camionneur referma la porte sur lui, non sans jeter un coup d'œil méfiant au parking désert. Puis, tout sourire envolé, il désigna à Hazel l'étroite cabine en hauteur, derrière le siège du conducteur.

— Attendez, protesta Hazel, on n'a même pas discuté du prix !

— Tu toucheras tes billes si t'es gentille, dit-il sèchement.

Puis il lui donna une tape sur les fesses pour l'obliger à monter dans la cabine – un espace minuscule sentant à plein nez le tabac froid et les chaussettes sales. Au bas de l'étroite couchette, gisaient une revue porno et une carte postale vierge marquée « souvenir de Toolsa ».

— Ça s'appelle Toolsa, l'endroit où on se trouve ? demanda Hazel à l'homme, histoire de gagner du temps.

— Comme si tu le savais pas. Couche-toi, petite. Bien, comme ça.

— Vous... vous avez de la famille ?

Le camionneur prit un air agacé :

— Allons ma jolie p'tite pute, t'es pas montée dans mon camion pour faire la causette, dit-il, en retirant sa ceinture.

Sous le débardeur trop court, son ventre gras et blanc était pareil à un énorme œuf poché et Hazel sentit une nausée familière remonter son œsophage.

Quarante-cinq secondes. Seth s'est endormi derrière le volant, ou quoi ?

Déjà, l'homme se couchait à côté d'elle sur l'étroite banquette et Hazel ne put retenir un cri, quand il posa la main sur elle.

— Oh, mais qu'est-ce qu'il te prend ? fit le routier, avec impatience. T'es folle, tu vas rameuter tout le monde, je ne veux pas d'histoires, moi !

Puis sa main se posa sur la bouche d'Hazel et il entreprit de lui relever sa robe jusqu'à la taille.

Soixante secondes, bon sang !!

Au bord de la panique, Hazel se débattait à présent sous le poids du routier, ses poings glissant sur ses bras luisants de sueur. L'homme éclata de rire :

— T'aime ça, ma petite poulette, hein ? Tu vas les avoir tes billets, t'inquiète pas, j'ai jamais volé personne, mais avant, je veux en avoir pour mon argent !

Il s'apprêtait à lui retirer sa petite culotte, quand elle sentit soudain un bref courant d'air pénétrer la cabine. Un instant plus tard, Seth apparaissait derrière le routier, toujours vautré sur elle. Son visage exprimait une telle rage, qu'Hazel se recroquevilla malgré elle sur la couchette.

Mais ce n'était pas contre elle, que Seth en avait. Elle le vit soudain tirer à lui de toutes ses forces le routier, dont les yeux s'écarquillèrent sous l'effet de la surprisse.

Et la suite tourna rapidement au film d'horreur.

Seth se mit à frapper, encore et encore. Il avait toujours son arme à la main et sous la crosse, le nez du camionneur ne tarda pas à exploser, un geyser de sang éclaboussant le plafond de la cabine. Horrifiée, Hazel porta ses mains à la bouche, mais Seth l'ignora : il continua de taper jusqu'à ce qu'il n'y eût plus, à la place du nez de sa victime, qu'un trou béant, au travers duquel on apercevait des dents.

Là, comme la crosse glissait de plus en plus dans sa main couverte de sang et de transpiration, Seth prit le temps de l'essuyer avec délicatesse sur le rideau de la cabine.

A ce moment-là, les mains du camionneur se levèrent bien en un geste dérisoire de défense ou de supplique, mais Seth les ignora, concentré sur sa macabre besogne. Cette fois-ci, il ne s'arrêta que lorsque le visage du routier fut devenu une bouillie informe – un agrégat de chair, de dents et d'os broyés.

Seule une bulle de sang, qui gonflait par intermittence quelque part entre ce qui avait été son nez et sa bouche, rappelait qu'il vivait encore.

Puis Seth entreprit de fouiller la cabine, à la recherche d'argent. En définitive, il finit par retourner le corps agonisant et déchirer le débardeur sanglant. En-dessous, l'homme portait une sorte de sac banane qu'il avait passée en travers de son torse. Seth le lui arracha et fit signe à Hazel de le suivre.

Trop choquée pour protester, elle rabattit machinalement sa robe et lui obéit, s'efforçant de ne pas toucher le corps couvert de sang du routier. Une fois dehors, elle suivit Seth jusqu'à la voiture, où les attendait Rhonda, le visage impassible.

Lorsque Seth eut jeté le sac banane tâché de sang sur ses genoux, elle abandonna son air indifférent, pour s'empresser de l'ouvrir. Le sac était bourré à craquer de billets :

— Les enfants, s'exclama Rhonda, c'est jour de paie !

Le temps du sacrifice était bien révolu.

Chapitre 39

Parfois, Hazel avait l'impression de flotter au-dessus de la voiture, comme un ballon gonflé à l'hélium. Elle pouvait se voir, assise à l'arrière de la Studebaker et s'entendre dire : *« Cette fille a l'air tellement triste. Elle semble vide à l'intérieur. »*

Trois jours s'écoulèrent, pendant lesquels Hazel garda un silence buté, fuyant le regard inquisiteur de Seth et ne répondant que par monosyllabe aux questions de Rhonda.

Enfin, ils s'arrêtèrent dans une des petites villes poussiéreuses qui bordaient la route. Hazel profita de ce que Seth et Rhonda transportaient leurs bagages dans la chambre du motel, pour s'isoler un peu. Elle se sentait nauséeuse, en miettes – un crumble de l'ancienne Hazel. Elle s'assit à l'ombre d'un muret et sortit de la poche de sa robe froissée le maigre butin prélevé dans la cabine du camionneur.
Tu parles d'un trophée.

Soudain, une silhouette cacha le soleil et Hazel retint de justesse un cri d'effroi.

— Qu'est-ce que c'est que ça ? demanda Rhonda, en lui arrachant la carte des mains. « Souvenir de Toolsa » ? Ça vient d'où ?

Elle retourna la carte et lut le bref message inscrit au dos de la carte :

— « *Chère Telmah, je te retrouve au bout du bout de l'Interstate, tu es mon horizon et je t'embrasse. J'y serai vers le 6. Roger* » Putain, c'est qui cette Thelma ? Et cette carte, tu l'as prise où ?

— Dans le camion, l'autre jour, répondit Hazel, la mort dans l'âme. Elle traînait par terre. Je me suis dit que ce serait drôle de la poster.

Seth éclata de rire et s'empara de la carte :

— Ce gros porc avait une Thelma ? Oui, cette carte mérite d'être envoyée. Une carte posthume. Un message du royaume d'entre les morts.

— Pff, fit Rhonda en haussant les épaules, tandis que Seth partait en quête d'une boîte aux lettres, hilare.

Elle ne me quitte pas des yeux. Elle a bien raison de se méfier de moi.

Plus tard, quand Seth revint, il lui sourit :

— C'est Thelma, qui va être contente. En tout cas, elle devrait ! On la débarrasse d'un bouseux du Sud, qui savait même pas épeler son prénom correctement !

Hazel retint un soupir. Dans ce fichu pays, on était toujours au sud de quelque chose et le péquenaud de quelqu'un d'autre, pour qui vous jouiez de la zydeco avec une cuillère sur une planche à laver accrochée autour du cou.

Comme il semblait de bonne humeur, elle décida cependant d'en profiter :

— Seth, je voudrais que tu me montres comment tirer.

Seth avait beau être du genre taciturne, lorsqu'il s'agissait des armes, là il était intarissable. De là avait germé l'idée de lui demander d'apprendre à tirer.

J'imagine que s'il s'était intéressé aux champignons, je me serai prise de passion pour les amanite-tue-mouche.

— Je sais pas, la môme. Pas sûr que Rhonda voie ça d'un bon œil.

— Ce sera notre secret, alors, dit-elle.

Attention, si tu continues de battre des cils comme ça, tu vas finir par t'envoler.

— Bon, pourquoi pas après tout ? fit Seth, après lui avoir jeté un regard pensif. Sans compter que tu pourrais nous être utile…

Espèce d'imbécile. Sans moi, vous n'auriez pas un sou vaillant à l'heure actuelle. Dire que j'ai manqué de me faire violer, à cause de vos deux calamités respectives.

Tandis qu'Hazel attendait, Seth partit chercher le revolver à l'intérieur de la chambre, où se reposait Rhonda.

La chaleur était telle, qu'elle faisait monter de l'asphalte un halo qui brouillait la route devant le motel. Un bref vertige s'empara d'elle.

Justin.

Derrière elle, elle enregistra soudain une présence, bien physique celle-là, et elle sentit le souffle de Seth sur sa nuque :

— Tu parles toute seule, maintenant ?

Hazel sentit ses joues s'empourprer :

— C'est cette chaleur, ça ne s'arrête jamais… On ferait mieux d'y aller tout de suite, ajouta-t-elle très vite, tant elle craignait de changer d'avis.

Et ils partirent, en quête d'un endroit isolé pour s'entraîner. Très vite, la sueur se mit à couler le long du dos d'Hazel. Un début de migraine lui martelait les tempes, preuve qu'en dehors de quelques mauvaises bières, elle ne s'hydratait pas assez.

Après une dizaine de minutes de marche au milieu de champs desséchés où jaillissaient à intervalles réguliers des lapins, Seth lui fit signe de s'arrêter. Il lui désigna, au-delà de la garenne, un vieil épouvantail dont les bras en croix semblaient régler une circulation imaginaire :

— Ta cible, lui dit-il.

Il lui tendit son arme, pour qu'elle la soupesât. La jeune fille la retourna dans tous les sens, caressant sa crosse en bois et son canon absurdement long.

Seth hocha la tête et dit avec fierté :

— L'avantage par rapport à un pistolet, c'est que tu n'as pas ce clic-clic du mouvement de culasse et que les douilles ne sont pas éjectées, mais restent dans le barillet. Avec ce bijou, rapapam, tu peux tirer plusieurs fois.

— Je ne vois pas sur qui j'aurai envie de tirer plusieurs fois d'affilée.

— Moi aussi, je disais ça avant de connaître Rhonda, ricana Seth, en lui faisant un clin d'œil.

Ensuite, il lui montra comment se positionner par rapport à la cible. Il corrigea sa position, l'obligeant à se tenir droite et à relâcher ses épaules :

— Voilà, détends-toi, écarte les jambes… C'est ton pied droit qui est blessé, n'est-ce pas ? Prends bien appui sur l'autre pour équilibrer ton ancrage au sol. Maintenant tends les bras…

Les mains de Seth papillonnaient autour d'elle et se posaient à divers endroits de son corps pour la guider. C'était fait avec légèreté et assurance, mais ses mains s'attardaient parfois une ou deux secondes de plus que nécessaire.

Leurs regards se croisèrent à plusieurs reprises.

— Tu sais que tu es très jolie, la môme ? Dans mon patelin, on dirait que tu piques méchamment les yeux. Allez, maintenant, deux choix s'offrent à toi : soit estropier, soit tuer ton adversaire. Qu'est-ce que tu choisis ?

— Je vise la tête, répondit Hazel, et j'appuie sur la détente.

Une déflagration retentit et elle sursauta malgré elle. A l'autre bout du champ, l'épouvantail la narguait, indemne.

— Ça surprend toujours la première fois, s'esclaffa Seth. Oh, la tête que tu fais, la môme ! ajouta-t-il, en la prenant dans ses bras.

Il sentait le parfum de vanille du savon du dernier motel où ils s'étaient arrêtés. Sa main se posa sur la nuque d'Hazel, tandis qu'il pressait son torse contre ses jeunes seins. Sa bouche ourlée par une fine transpiration se rapprocha de la sienne et elle ferma les yeux.

Comme il ne se passait rien, elle rouvrit les yeux. Seth la regardait avec un air impénétrable.

— Tu as vraiment cru que ce serait aussi facile que ça ? Tu pensais pouvoir me rouler dans la farine, comme le dernier des imbéciles ?

En reculant d'un pas, Hazel trébucha et atterrit sur les fesses.

— Je... je ne comprends pas. Qu'est-ce que j'ai fait de mal ?

— Qui est ce Justin ?

— Je... je ne sais pas de quoi tu parles, bredouilla Hazel, un filet de sueur froide coulant le long de son dos.

— Tu prononces son prénom toutes les nuits. Tu l'as encore dit tout à l'heure !

Et avant qu'elle n'eut le temps d'esquisser un geste de défense, il se pencha, l'attrapa par le devant de sa robe et plaqua sa bouche violemment contre la sienne.

Sa langue investit brutalement la bouche d'Hazel, tandis que son entrejambe se pressait contre elle, durement.

Paniquée, elle se débattit et parvint à lui donner un coup de genoux dans le bas-ventre. Seth se pencha en avant, avec un cri de douleur et elle en profita pour s'enfuir.

Elle n'eut le temps de parcourir que quelques mètres, avant qu'une nouvelle détonation n'interrompît sa course.

— Espèce d'idiote, tu oublies que c'est moi, qui ai le revolver !

Hazel s'arrêta et se retourna, pantelante :

— Tu n'oseras jamais tirer !

— Je n'en serai pas aussi sûre que toi, à ta place, rétorqua Seth en se redressant avec une grimace.

Hazel hésita, incertaine. En termes de connerie, c'était dur d'égaler Seth, mais elle l'avait dépassé malgré tout d'une bonne tête, en le sous-estimant.

— Vous avez un plan, Rhonda et toi. Et vous avez besoin de moi.

— Peut-être, mais rien ne m'empêche de te tirer dans le genou ! fit Seth, en abaissant son arme vers la jambe de la jeune fille.

Il avait l'air tout à fait sincère et Hazel hésita.

— Une balle dans le genou, ça fait très mal, tu peux me croire. Et sois sûre qu'à cette distance, je ne te raterai pas. Tu survivras, mais tu seras estropiée à vie. Tu veux courir ce risque ?

La jeune fille ferma les yeux et pour finir, se laissa tomber dans l'herbe, vidée de toute énergie.

— Ok, je reste, tu as gagné.

Seth s'approcha d'elle en secouant la tête :

— Ne nous fais plus des frayeurs pareilles. Je ferme encore les yeux pour cette fois, mais tu as de la chance que Rhonda n'ait pas assisté à ça.

— Elle me déteste à ce point ?

— Rhonda n'est pas comme nous, elle ne réfléchit pas en ces termes : aimer, ou détester. C'est sa force et sans doute aussi, ce qui la perdra un jour. Rhonda ne suit que sa propre route et rien, ni personne, ne l'en fera dévier. Ni toi, ni moi.

Hazel détourna la tête et son regard se posa sur les hautes herbes, où les lapins étaient si nombreux qu'ils donnaient l'impression de danser autour d'eux, dans l'air chaud de cet été qui ne semblait jamais vouloir pas finir.

Et soudain, elle réalisa qu'elle n'avait plus l'énergie, ni même l'envie de se battre.

Chapitre 40

Le lendemain, ils repartirent.

Ils avaient déjà traversé les deux Caroline ainsi que la Géorgie, calquant leur rythme sur celui du vieux Sud – avançant aussi inéluctablement qu'un bateau à aubes remontant le Mississipi.

A présent, ils étaient en Alabama et comme le fit remarquer Seth, en dépassant le panneau d'entrée dans l'état :

— L'Etat du Pic Flamboyant et du Coton ! Le Cœur de Dixie et surtout, la Patrie du regretté Garrett !

— Et de ce bon vieux Frère Yov, ricana Rhonda.

Après cela, ils descendirent jusqu'à Montgomery, où s'achevait la 85, puis empruntèrent de plus petites routes. Ils traversèrent encore de grandes plaines grasses et fertiles qui finissaient les pieds dans l'eau du Golfe du Mexique. Ici subsistaient les grandes propriétés d'antan, avec des allées bordées de chênes centenaires menant à des maisons à pilastres et colonnades.

Seth finit par s'arrêter devant l'entrée d'une grande propriété, où un panneau, orné d'une carabine long rifle, proclamait, en lettres capitales : *Vous pouvez rencontrer Dieu de deux manières : en le priant de toute votre âme ou en franchissant cette barrière, amen.*

Juste au moment où ils franchissaient le gigantesque portail, une voiture de police sortit à toute allure de la propriété, disparaissant dans un nuage de poussière.

— On dirait que cette fripouille de sheriff McDougal touche toujours sa part du gâteau, ricana Seth, avant de s'engager dans la propriété à son tour.

Hazel se demanda brièvement qui était ce sheriff et surtout, de quel gâteau Seth voulait bien parler – *des trucs louches, à n'en pas douter.*

Ils remontèrent une large allée bordée de chênes séculaires, dont les branches chargées de mousse espagnole ressemblaient à des bâtons de barbe à papa.

Enfin, Seth se gara devant une grande maison délabrée, qui donnait l'air d'avoir cent ans, au bas mot. Le lierre avait envahi la façade, servant d'échelle naturelle aux rongeurs et de nids d'oiseaux ; le toit était rongé par le salpêtre. Quant au parc, qui avait dû autrefois abriter de charmants jardins à la française, il servait désormais de pâture à une dizaine de vaches.

Au moment où ils mettaient pied à terre, un homme qui semblait aussi vieux que la bâtisse en sortit. Au fond de son visage rayé par les ans, ses yeux brillaient comme du bleu de Delft ; ils avaient cet éclat coupant qui fait mal, dès qu'ils se fixent sur vous.

Il était tout de blanc vêtu et brandissait une canne avec un pommeau en cristal assez gros pour y lire l'avenir. Sa longue barbe grise striée de jaune taquinait la large boucle en turquoise de sa ceinture et un panama jetait une ombre grotesque sur ses traits.

Ses pieds nus descendirent la volée de marches conduisant à la porte principale avec une emphase digne d'un meneur de revue et Hazel étouffa un fou rire nerveux. *Allons bon, un dandhippie, manquait plus que ça au tableau.*

— Rhoooonda, miaula-t-il, en écartant les bras en geste de bienvenue.

Rhonda se laissa faire, mais son corps raidi trahissait le dégoût qu'il lui inspirait.

— Frère Yov, dit-elle enfin, se libérant de son étreinte avec un soulagement manifeste : Permets-moi de te présenter ma fille.

Mais Hazel ne prêtait déjà plus attention à eux.

Une dizaine, non, une douzaine de femmes de tout âge venaient de faire leur apparition en haut de l'escalier. Elles aussi étaient vêtues en blanc et semblaient s'être échappées d'une réclame pour shampoing, tant leurs cheveux paraissaient longs, lisses et brillants.

— Hazel ! HAZEL !

La jeune fille abandonna sa contemplation incrédule des douze vestales, pour reporter son attention sur Rhonda et l'homme au panama.

— Viens ici. Comme je te le disais, Frère Yov, voici ma fille. Je voudrais que tu la baptises.

Hazel la regarda, interdite :

— Me baptiser ?! On a fait toute cette route pour arriver dans ce patelin pour que je sois baptisée ? Garrett, le camionneur, c'était juste pour ça ?

Toute peur envolée, la jeune fille dévisageait Seth et Rhonda, stupéfaite.

Elle n'avait jamais entendu quelque chose de plus ridicule, ni de plus éloigné de l'image qu'elle se faisait de ses deux compagnons de route. Quelque chose lui échappait, manifestement.

— Qui est ce Garrett ? demanda l'homme en blanc.

Avant qu'Hazel n'eut le temps de répondre, Rhonda répondit tranquillement.

— Oh, juste un type qu'on a buté en chemin. Un médiocre.

Si Hazel avait pu espérer une quelconque aide de Frère Yov, ses espoirs furent douchés dans la seconde :

— Je te fais confiance pour savoir qui est digne de vie ou non, ma Rhonda. Mais je suis désolé, je ne baptiserai pas ta fille.

— J'ai du fric. Et tu me dois bien ça.

— Je ne te dois rien, répondit l'autre, en coulant un regard anxieux vers Seth. Vous m'avez laissé dans un sale état la dernière fois, tous les deux.

— Tu ne voulais pas me laisser partir !

— Allons, allons, Rhonda, ne fais pas l'idiote, fit l'homme, en prenant Hazel à témoin : Je n'ai jamais obligé qui que ce soit à faire quoi que ce soit. Tout ce que je fais, c'est par amour.

— Amen, fit Seth.

Il fit un pas vers Frère Yov, qui ne put s'empêcher de reculer : *ma parole, il a l'air sur le point de faire dans son beau pantalon blanc,* songea Hazel, amusée malgré elle.

— Tu sais bien que c'est le sheriff McDougal qui ne voulait pas te laisser partir, Rhonda, fit Frère Yov. Et justement, il doit passer ce soir. Vous feriez mieux de filer !

— Je t'ai toujours dit que tu ferais un très mauvais joueur au poker, déclara tranquillement Rhonda. Ton sheriff, on l'a croisé juste au moment où il quittait ta propriété. M'est avis qu'il ne sera pas de retour avant deux ou trois jours, le temps que sa braguette ou que son portefeuille le chatouille.

Rhonda s'approcha de Frère Yov, pour lui chuchoter à l'oreille :

— D'ici là, tu auras baptisé Hazel, gagné deux mille dollars et nous serons partis. Pour toujours, cette fois-ci.

L'homme jeta un coup d'œil rapide à Hazel et soudain, pâlit :

— Vous allez à Paradize, c'est ça ?

Le regard que lui lança Rhonda suffit à lui fermer le clapet. Sans demander son reste, il remonta l'escalier – avec nettement moins de prestance, que lorsqu'il l'avait descendu quelques minutes plus tôt.

— C'est où, Paradize ? voulut savoir Hazel. Et surtout, qu'est-ce que c'est ?

— Tu le sauras bien assez vite, fit Seth, en étouffant un bâillement.

— Une surprise, dit Rhonda. En attendant, la môme, tu suis Frère Yov à l'intérieur de la maison ! On ne va pas moisir sur ce perron, sinon on aura le temps d'avoir les cheveux aussi longs que les douze apôtres de mes deux, là-haut.

L'une des femmes, la plus âgée, prit la parole :

— Tu n'es pas la bienvenue ici, Rhonda.

Mais la mère d'Hazel passa devant elle en la regardant à peine :

— L'hospitalité n'a jamais été ton fort, Prairie. On ne va pas s'attarder, rassure-toi. Juste un baptême, et on file d'ici : tu as ma parole.

Prairie les conduisit dans une chambre avec deux matelas sales par terre et un cabinet de toilette garni d'une douche minuscule.

— Je vous préviens, ce n'est pas le Hilton, ici : il n'y a pas d'eau chaude, fit la femme, sur la défensive.

Une jeune fille au regard timide leur apporta trois couvertures mitées et les déposa sur les matelas, sans les quitter des yeux.

— Wouaf wouaf ! aboya Seth et la jeune fille bondit, avant de disparaître avec un gémissement humilié.

Hazel se sentit désolée pour elle, d'autant qu'elle semblait avoir le même âge qu'elle.

— Perdrix est un peu craintive, fit Prairie. Cela ne fait qu'un mois qu'elle est ici.

—- Elle a déjà été chez Bernie ? demanda Seth, en ricanant.

— Juste une fois. Cela ne s'est pas très bien passé. Mes sœurs et moi prions pour qu'elle trouve assez d'amour dans son cœur.

Une fois qu'elle eut refermé la porte derrière elle, Rhonda se tourna vers Hazel :

— Voilà pourquoi je voulais te faire venir ici : pour que tu voies le type de conneries que j'ai dû avaler pendant des années !

Chapitre 41

Hazel mit quelques secondes à digérer l'information. *Rhonda, une prostituée au service de Frère Yov ?*

Comme si elle lisait dans ses pensées, Rhonda eut un soupir impatient :

— Oui, j'ai rencontré Frère Yov à seize ans. Je suis devenue une de ses concubines. Après quelques mois, il m'a placée avec les autres chez Bernie. J'ai dû me vendre pour Frère Yov et le sheriff Mc Dougal.

— Alors pourquoi être revenue ici ?

— Parce que le Baptême Pourpre est un rituel qui m'a ouvert les yeux ! Littéralement. Il m'a élevé à un niveau de conscience supérieure et universelle. C'est grâce à lui que plus tard, j'ai su exactement tout ce que je pourrai retirer d'un endroit tel que Paradize. Je veux que tu fasses cette expérience, toi aussi.

— Je ne veux pas faire ce truc ! Et puis je suis déjà baptisée, Teresa y tenait et...

— Comme si je l'ignorai ! Je sais tout ce qu'il y a à savoir de toi, pour la bonne et simple raison que j'ai toujours gardé un œil sur toi. Oh, et au cas où tu ne l'aurais pas encore pigé, tu n'as pas le choix.

Une heure plus tard, les vestales vinrent la chercher et la conduisirent dans une salle de bain décrépie, où elle dut prendre une douche glacée. On lui fit ensuite revêtir une longue tunique blanche.

— Tu sembles tellement différente de Rhonda, fit Perdrix. On a du mal à imaginer que vous ayez un lien de famille, toutes les deux !

— C'est bien vrai, ça, renchérit Prairie. Du temps où elle vivait avec nous, ta mère s'appelait Nuage et ça lui allait très bien. Elle se débrouillait toujours pour se mettre entre le soleil et nous.

J'imagine que le soleil, c'est Frère Yov. Vous m'avez l'air quand même toutes méchamment intoxiquées.

— Est-ce que vous pouvez me dire ce que c'est, le Baptême Pourpre ? demanda Hazel, tandis que les femmes achevaient de démêler ses cheveux humides.

— Tu le sauras bien assez tôt, fit Prairie, en frissonnant malgré elle.

— C'est un moment très fort, dit une autre vestale, avec un petit rire forcé.

Soudain, le visage d'une autre disciple de Frère Yov passa par la porte entrebâillée et prononça cette phrase incroyable :

— La vache est arrivée. Mais elle est tellement grosse que je crains qu'elle ne soit en gestation.

Une vache ?

— Au contraire, fit Prairie, c'est parfait ! Ses côtes ont déjà dû légèrement s'écarter, ce sera plus facile pour Hazel.

—- Plus facile pour quoi ? demanda Hazel, en reculant vers le mur. Qu'est-ce que c'est que cette histoire de vache, d'abord ?

Prairie sourit avec un air entendu :

— Ne t'inquiète pas, ça ne fait pas mal.

— J'ai quand même failli m'étouffer dans mon vomi, glissa une des impétrantes, avant que Prairie ne la fusillât du regard.

Celle-ci s'approcha ensuite d'Hazel et la prit dans ses bras. La jeune fille pensa soudain à Teresa et malgré elle, s'abandonna à l'étreinte de la femme. Elle n'avait jamais été aussi épuisée de toute sa vie.

— Voilà, voilà… tout doux… arrête de pleurer…

— Mais je ne pleure pas… commença Hazel, avant de réaliser que des larmes coulaient sur ses joues sans pouvoir s'arrêter.

— Tiens, fit Prairie en lui donnant une petite fiole. Bois-le, ça va te réchauffer.

Hazel secoua la tête :

— Non, je ne veux pas.

— C'est nécessaire, pour le Baptême Pourpre.

— Tant pis, alors.

Mais soudain, les femmes l'encerclèrent et, tandis que deux d'entre elles la maintenaient contre le mur, Prairie l'obligea à ouvrir la bouche, en lui pinçant violemment le nez.

L'espace de quelques secondes, Hazel se crut revenue quelques années plus tôt, dans la chambre de Clara, tandis que Kimmie et Alessandra la ceinturaient. Un gémissement lui échappa, tandis que Prairie lui versait le contenu de la fiole dans la bouche.

Puis elle lui bâillonna la bouche pour l'empêcher de recracher le liquide aigre et Hazel fut bien obligée de déglutir pour pouvoir respirer de nouveau.

Une fois le liquide avalé, les mains qui la maintenaient la relâchèrent et se mirent à lui caresser les cheveux :

— Tu vas devenir une de nos sœurs, Hazel, sois heureuse.

— Vous m'avez em… empoisonnée ? bredouilla Hazel, qui sentait son estomac se tordre sous l'effet de la boisson qu'elle venait d'ingurgiter.

— Non, ne t'inquiète pas. C'est normal.

La jeune fille se laissa tomber sur un des deux matelas et se mit à gémir. Des flashs de couleurs passaient derrière ses paupières. Les voix des femmes lui parvenaient de très loin, comme provenant d'une autre pièce.

A un moment donné, il lui sembla qu'on soulevait son matelas et que les femmes la transportaient à travers un long couloir sombre. La nuit devait être tombée, car Prairie (*ou une des autres chevelues, va savoir, elles se ressemblent toutes avec leur chemise de nuit blanche*) portait un grand flambeau, qui diffusait un halo laiteux sur les murs rongés par l'humidité.

Enfin, il sembla à Hazel qu'on l'amenait dans une grande pièce. Au centre de celle-ci, une vache brune meuglait, énorme.

— C'est vrai, Karma, tu as raison : elle attend bien un petit, fit Prairie.

A ce moment-là, Frère Yov fit son entrée, au côté de Rhonda et de Seth, qui semblaient passablement excités.

Rhonda tenait dans la main un grand couteau, que Frère Yov prit avec solennité. Il avait retiré son panama ridicule et portait à présent une sorte de toge noire, qui tombait jusqu'à ses pieds nus.

Une lueur fanatique brillait dans son regard.

Hazel gémit, tentant de se redresser sur le matelas sale. Son estomac était assailli de crampes qui la pliaient en deux.

— Regarde, fit Prairie, au moment où Frère Yov levait ses mains jointes au-dessus de sa tête.

Hazel obéit et hurla, quand il abattit son couteau sur le cou de l'animal.

La bête se mit à beugler de douleur, un impressionnant jet écarlate jaillissant de son énorme plaie. Immédiatement, une des femmes apporta un vase et avec l'aide de Rhonda, elle récupéra le sang. Au bout de quelques minutes, la vache se coucha, pantelante sur le flanc ; son énorme ventre se soulevait encore, mais de plus en plus péniblement.

Alors, Frère Yov s'accroupit à côté d'elle et sans hésiter, lui ouvrit le flanc sur toute la longueur. Le pauvre animal eut encore un dernier spasme, avant de s'immobiliser complètement.

Horrifiée, Hazel vit alors Frère Yov écarter les lèvres de la plaie hideuse et enfoncer son bras dans le ventre de la vache, puis les deux.

— Je vais avoir besoin d'aide, articula-t-il.

Aussitôt, Seth vint lui prêter main forte et à deux, ils parvinrent à extraire le veau mort du ventre de sa mère. Perdrix se pencha en avant et vomit abondamment, tandis qu'Hazel se renversait sur le matelas, pantelante.

Quand elle rouvrit les yeux, quelques instants plus tard, la vache avait été entièrement vidée de ses organes.

Frère Yov psalmodiait des paroles incompréhensibles, tendant vers le ciel des bras si couverts de sang, qu'ils semblaient gantés de rouge jusqu'au coude. Prairie aida alors Hazel à se redresser, tandis qu'une autre vestale lui apportait un bol fumant.

Dans un état second, la jeune fille avala docilement le liquide – il lui sembla reconnaître le goût métallique du sang, mélangé à des herbes. De nouveau, sa tête se mit à tourner et elle faillit s'évanouir.

Alors Seth et Rhonda la forcèrent à se relever et la traînèrent jusqu'à la dépouille de l'animal.

Ce n'est pas un baptême, ils vont me sacrifier comme cette vache !

Terrorisée, Hazel rassembla ses dernières forces et tenta de leur échapper, mais Seth n'eut aucun mal à la rattraper et à la ramener près du corps du bovin. Aucune des femmes présentes n'avait réagi : quand Hazel réussit à croiser le regard de Perdrix, celle-ci détourna les yeux.

A ce moment-là, Rhonda lui saisit les poignets et l'obligea à la regarder dans les yeux :

— Cesse de te débattre, la môme. Tu as avalé une telle quantité de drogues que si tu continues de te démener de la sorte, c'est la crise cardiaque assurée. Maintenant, tu vas te pencher en avant comme ça, voilà, tu vois ce n'est pas si difficile, et te coucher dans le ventre de cette vache. Tu vois comme les côtes sont largement écartées ? C'est le berceau de ta nouvelle naissance. Tu vas passer toute la nuit ici et tu vas avoir des visions.

Il sembla alors à Hazel que les autres quittaient la pièce, les laissant seules, toutes les deux.

— Pourquoi m'avoir abandonnée ? gémit Hazel, convaincue qu'on la couchait dans sa tombe. Vas-tu me dire qui est mon père ?

Rhonda tendit la main à l'intérieur de l'énorme carcasse pour lui toucher la joue. On eut moins dit une caresse, que la prise de sa température :

— Je ne suis pas sûre que le breuvage que tu viens de boire fasse déjà effet. En attendant, je veux bien t'expliquer deux-trois petites choses. Ca t'aidera dans le voyage que tu vas faire cette nuit et tu me comprendras peut-être mieux après ça.

Elle s'assit par terre, face au cadavre du ruminant et ses bracelets émirent un léger tintement, tandis qu'elle se passait une main nerveuse dans ses cheveux :

— A l'époque, quand je t'ai conduite au bord de ce lac, je n'allais pas bien. Je prenais beaucoup de drogues et je n'arrivais plus à t'élever convenablement. Je savais qu'un jour je reviendrai, tôt ou tard te chercher, mais je devais avant tout retrouver la santé, ne plus constituer un danger pour toi. C'est comme ça que je me suis mise en tête de te trouver des parents de substitut. Je suis tombée un jour par hasard sur Teresa.

Plongée dans ses souvenirs, Rhonda secoua la tête, n'en revenant toujours pas :

— Je l'ai entendue discuter avec une de ses amies du club de tennis, où je travaillai comme femme de ménage, de la perte de sa fille. Un vrai perdreau de l'année. J'ai su tout de suite ce qu'il me restait à faire. Les semaines suivantes, je les ai suivis, elle et son mari, histoire de connaître leurs habitudes. Souvent, ils se rendaient auprès du lac pour discuter : à vrai dire ils semblaient assez chiants, mais malgré tout, ils ressemblaient à de bons parents. Du genre à figurer dans des réclames de soupes ou de corn flakes pour le petit-déjeuner. Je me suis dit que tu t'emmerderais peut-être avec eux, mais qu'ils sauraient comment te nourrir, t'habiller et t'éduquer, toutes ces choses dont je ne me sentais pas capable à l'époque.

Elle s'interrompit quelques instants, l'air pensif, avant de conclure :

— J'aurai pu te garder avec moi. J'avais déjà quitté Paradize depuis cinq ans et j'avais prévu de retourner chez Frère Yov. Il serait devenu ton père et Dieu sait si ce crétin n'est pas un exemple à suivre pour qui que ce soit. A la réflexion, je ne suis pas une mauvaise mère, tu sais. Je suis plutôt une sorte de mère parasite, une mère coucou, si tu préfères. J'ai sélectionné avec attention le meilleur nid susceptible de t'accueillir et je t'y ai déposé…

— Co…comment ? bredouilla Hazel, qui semblait avoir de plus en plus de mal à parler.

Leurs voix animaient à présent d'étranges échos dans la pièce vide.

— Je t'ai amenée au sommet de la colline et je me suis débrouillée pour que Teresa et Alan te voient, au moment où je t'ai poussée sur cette pente neigeuse. Je crois même que cet imbécile était déjà sur le lac, avant que la glace ne se brise sous le poids de ta luge.

— Teresa et Alan t'ont… vue ? articula péniblement Hazel.

— Je pense que oui. A mon avis, ils ne te l'ont pas dit, pour que tu ne penses pas que ta mère avait voulu te tuer et que tu t'imagines que ce n'était qu'un accident. A présent, tu sais tout. Je t'ai confié à ces deux médiocres et tu as dormi chez eux pendant toutes ces années. Il est maintenant plus que temps de te réveiller. Je t'offre une seconde naissance, Hazel. C'est ça, le Baptême Pourpre.

Hazel sentait le sang de la vache couler par filament sur elle et imbiber sa tunique. Un vertige soudain la prit et elle commença à s'éloigner de la pièce où elles se trouvaient, jusqu'à flotter au-dessus du corps de la vache éventrée.

La lumière du flambeau que Prairie avait laissé à côté éclairait par intermittence son corps trop maigre, à l'intérieur de l'animal.

Chapitre 42

Hazel passa une nuit très étrange, où tous les fantômes du passé furent convoqués dans la pièce où elle se trouvait.

Elle vit d'abord une minuscule chose, qui devait être le bébé mort-né de Teresa et d'Alan, puis aperçut une frêle silhouette qui avançait péniblement, d'un pas lourd : celle de Miss Jeanny.

Cette dernière passa devant Hazel, terrorisée, tapie dans le ventre ouvert de la vache et tourna la tête. Oui, Miss Jeanny tourna sa tête vers elle et la regarda de ses yeux morts et dépourvus de pupilles.

Hazel plaqua ses mains devant sa bouche pour étouffer un hurlement.

Son ancienne institutrice était si proche, qu'elle eut pu la toucher en tendant les bras. Des filaments gluants collaient à ses vêtements humides et des algues ondulaient lentement autour d'elle, comme des serpents évanescents. Une énorme plaie au cou faisait nettement pencher sa tête d'un côté, exposant avec impudeur des tendons frêles et blancs. Son visage grimaçant de *mater dolorosa* était auréolé de volutes écarlates semblant remonter paresseusement à la surface d'une eau sale.

Ensuite, un jeune garçon à la démarche familière fit son apparition : Hazel étouffa un nouveau cri, en découvrant son vieil ami Tim. D'une plaie à l'arrière du crâne s'écoulaient des bouillons de sang et des fragments de cervelle, qui disparaissaient avant d'avoir touché terre. Un chuintement effrayé s'échappait de sa bouche, tandis qu'il tentait maladroitement de se protéger avec ses bras.

Puis ce fut au tour de deux silhouettes de jaillir de l'obscurité, en se tenant la main.

Clara et Alessandra titubèrent jusqu'à Hazel en émettant de curieux gargouillis, donnant l'impression d'avoir la gorge pleine de fluides.

Alessandra avait la moitié du visage à moitié enfoncé et un de ses yeux pendait sur sa joue : il semblait fixer Hazel avec un air étrangement surpris.

Clara n'avait guère eu plus de chance : elle avait manifestement été empalée par la colonne de direction et elle retenait de ses mains ses entrailles qui rebondissaient joyeusement devant elle. Tandis qu'elle s'approchait d'Hazel, sa bouche était barrée par un rictus de douleur, d'où gouttaient des perles de sang noir.

Hazel plaqua sa main contre son visage pour étouffer un sanglot. Elle avait beau baigner dans le sang poisseux et désormais froid de la carcasse, elle suffoquait de chaud.

Une autre silhouette qu'Hazel ne reconnut pas apparut.

Elle était pauvrement vêtue et traînait les pieds – à croire que toute la misère du monde était agrippée à ses chevilles. Un de ses pieds laissait un sillon écarlate derrière lui et un trou dans sa gorge avait formé un bavoir sanglant sur le haut de son tee-shirt déchiré.

Ensuite le silence retomba et le flambeau finit par s'éteindre de lui-même.

La pièce se mit à tournoyer et Hazel se retrouva dans un champ où couraient des centaines de lapins. Elle tenait une arme de poing dans la main et cherchait à s'approcher d'une femme brune qui lui tournait le dos. Dès qu'elle tentait de voir son visage, elle voyait la silhouette s'éloigner et lui opposer son dos.

Hazel devait absolument savoir qui était cette femme aux longs cheveux bruns et tentait de s'en rapprocher. Les herbes rêches de la prairie griffaient ses jambes et ses bras nus et petit à petit, les griffures se creusaient plus profondément et ruisselaient abondamment.

Hazel savait que c'était le prix à payer pour approcher la femme et voir ses traits.

Elle ignorait pourquoi, mais il fallait qu'elle sache.

Quand elle finit par lui faire face, Hazel se mit à hurler de toutes ses forces.

La femme n'avait pas de visage.

Chapitre 43

Soudain, une porte claqua dans la maison. Hazel ouvrit les yeux, frissonnante : elle avait l'impression d'être Ebenezer Scrooge recevant la visite des fantômes des Noëls passés. Elle se demandait à présent quel autre mort allait faire son apparition.

Quand elle vit apparaître un nouveau visage livide, Hazel se mit à sangloter. Car c'était à présent au tour du fantôme de Justin Wilson de s'avancer d'un pas incertain et de se pencher sur elle. Il portait encore son uniforme et ses yeux agrandis d'horreur trahissaient quelle mort abominable avait été la sienne.

— Non… pas toi… fit la jeune fille, en hoquetant d'effroi.

— Hazel, c'est moi, articula le fantôme d'une voix d'outre-tombe.

— Je sais, sanglota Hazel. J'espérai que tu étais vivant quelque part… Et que tu aurais reçu la carte que j'ai envoyée à ton camp d'entraînement…

— Je l'ai reçue, Hazel, fit Justin, en tournant la tête à gauche et à droite, comme s'il craignait d'être surpris.

Hazel le regarda sans comprendre :

— Tu… tu as reçu ma carte avant de mourir ? bredouilla-t-elle.

— Bon sang, Hazel, qu'est-ce qu'il t'arrive ? Je reçois une carte avec écrit Hamlet en verlan et maintenant je te trouve ici, couchée dans le ventre d'une vache, avec l'air d'avoir fumé une dizaine de joints à la fois. Je ne vois pas de quels fichus fantômes, tu veux parler, ma chérie, mais si on reste dans cette maison de timbrés, je ne donne pas cher de notre peau !

Hazel tendit le bras et sa main sanglante toucha le garçon.

Elle le pinça de toutes ses forces.

Justin grimaça de douleur et Hazel eut un hoquet de surprise : il était bel et bien devant elle, en chair et en os.

Il se pencha et, au prix d'un violent effort qui fit saillir les tendons de son cou, il arracha Hazel du cadavre de la vache. Portant la jeune fille dans ses bras, il entreprit de sortir du labyrinthe sombre de pièces et de couloirs.

Après avoir gagné sa voiture, cachée sous le couvert des arbres, il installa avec précaution Hazel, puis se glissa derrière le volant.

Sans démarrer la voiture, il desserra le frein à main, aux aguets. Grâce à la pente, il put descendre silencieusement en roue libre jusqu'au portail, évitant ainsi de donner l'alerte aux habitants de la maison.

Une fois sur la route, Justin tourna la clé et démarra doucement le moteur :

— Et maintenant, si tu es d'accord, Hazel, on se barre de ce bled de cinglés !

Mais la jeune fille ne l'écoutait plus : sous l'effet conjugué de la drogue et de l'épuisement, elle venait de s'évanouir.

Quand elle rouvrit les yeux, le soleil se levait et le ciel était une célébration de rose, de mauve et de jaune – aux yeux d'Hazel, il donnait l'impression d'exploser en une épiphanie à la beauté violente et indicible. Elle était éblouie.

Lorsqu'elle releva la tête, Justin lui jeta un regard amusé :

— Ah, enfin, la marmotte se réveille !

Puis, inquiet, il posa les yeux sur son corps frêle :

— Je vais t'emmener à l'hôpital. Je ne sais pas ce que ces gens t'ont fait, mais quand je vois le résultat, ça me donne envie de pleurer.

—- Ah bah merci, c'est trop gentil, répondit Hazel en se redressant péniblement.

Justin lui caressa la joue tendrement, avant de reporter son attention sur la route :

— J'ai reçu ta carte et l'appel d'Alan qui me prévenait de ta disparition le même jour. A ce propos, brillante idée de signer « TELMAH » ! J'imagine que notre nom de code, en cas de coup dur, n'était pas si malin que ça ?

— Essaie de placer « HAMLET » dans une phrase, mine de rien, qui plus est sur une carte postale, répondit Hazel, en se massant la nuque avec une grimace. C'était plus pratique d'inverser. Et j'ai eu de la chance que Seth ne tique pas, en voyant l'adresse Tigerland. Il est trop bête pour savoir que c'est l'autre nom de Fort Polk.

— C'était brillant, ça aussi ! De son côté, Alan m'a dit que leur voisine t'avait vue monter à bord d'une Studebaker Daytona de couleur bordeaux ce jour-là…

Hazel eut une brève pensée pour la mère de Tim, qui avait malgré tout gardé un œil sur l'ancienne amie de son fils.

— J'ai suivi tes indications sur la carte, reprenait déjà Justin, et je me suis posté à la première sortie de la 85, au niveau de Montgomery…

— Seth m'avait dit que Frère Yov habitait non loin, c'était la seule indication à ma disposition…

Les yeux d'Hazel papillonnèrent de fatigue, les effets cumulés d'une nuit blanche et de la drogue se faisant sentir.

— … Et cela a suffi ! fit Justin, en ralentissant, avant de se ranger sur le bas-côté de la route : Attends, Hazel, je vais me garer. Je te raconterai tout plus tard en détails, ma chérie, mais en attendant, il faut qu'on s'arrête au bureau du sheriff. Je vois son nom d'ici, il est peint en grosses lettres jaunes sur sa porte vitrée : M. Pogal ou quelque chose comme ça.

Avant qu'Hazel n'eut le temps de réagir, il avait déjà ouvert la portière et était jailli de la voiture :

— Hazel, tu ne bouges pas d'ici ! Je vais voir si le sheriff est là et je reviens te chercher. Il y a du café dans le thermos à tes pieds, ça va t'aider à dissiper les effets de la drogue que l'on t'a donnée.

Tandis que Justin s'éloignait, Hazel tâtonna à la recherche du thermos, l'esprit encore embrumé par les substances avalées. Alors qu'elle versait un peu de café dans sa tasse, elle vit que ses bras et ses mains, comme le reste de son corps, étaient couverts de sang. Elle devait avoir une tête à faire peur.

Par réflexe, elle examina son visage dans le miroir du rétroviseur : *J'ai vraiment la tête de quelqu'un qui vient de passer la nuit dans le ventre d'une vache.*

À cet instant, un coup de feu retentit à l'intérieur du bureau du sheriff : Hazel lâcha sa tasse et releva la tête vivement.

Son regard fila vers la porte et elle lut alors clairement ce qui était écrit dessus – ça lui revenait maintenant, Justin avait toujours été myope comme une taupe.

Sheriff MCDOUGAL.

Hazel revit la voiture de police croisée la veille devant la propriété de Frère Yov – les paroles de Seth résonnant de nouveau à ses oreilles, aussi nettement que s'il se trouvait dans la voiture de Justin : *On dirait que cette fripouille de sheriff McDougal touche toujours sa part du gâteau.*

Sans le savoir, Justin venait de se jeter dans la gueule du loup.

Un cri jaillit soudain du bureau du sheriff :

— HAZEL, FOUS LE CAMP ! hurla Justin, la voix empreinte de douleur.

Le cri de Justin agit comme un détonateur sur Hazel, qui retrouva ses esprits : elle jaillit de la voiture si vite, qu'elle tomba par terre, la tête la première.

Juste à ce moment-là, un second coup de feu retentit et Hazel se releva, paniquée.

Les yeux agrandis par l'horreur, elle s'enfuit dans la direction opposée du poste de police. Elle regardait tout autour d'elle, espérant voir à chaque instant des gens apparaître sur leur perron, alertés par les détonations. Mais la rue semblait bordée de terrains vagues et les rares maisons devant lesquelles elle passa portaient des avis d'expulsions ou de destruction. Soit McDougal avait fait le vide autour de lui dans le quartier, soit ce poste de police était un leurre, comme son sheriff d'opérette.

Elle ne cessait de regarder derrière elle, espérant découvrir, à tout moment et contre toute attente, Justin, mais la silhouette qu'elle vit soudain apparaître, lancée à sa poursuite, était courtaude et coiffée d'un stetson. Avant de retourner la tête, elle eut encore le temps d'enregistrer l'éclat d'un insigne sur sa chemise beige et elle gémit.

Oh mon Dieu, je ne suis pas sûre de croire en vous mais, dans le doute, faîtes que Justin soit encore vivant !

Hazel ignorait combien de temps encore elle pourrait courir. Elle accusait encore le contrecoup des drogues : malgré tous ses efforts, elle voyait son poursuivant la rattraper peu à peu.

Elle pouvait presque sentir le souffle court du sheriff sur sa nuque.

Si je ne trouve pas un abri, une arme ou une voiture à arrêter, je suis cuite !

Une brusque bouffée d'adrénaline lui donna l'énergie d'accélérer encore, en direction de la grande route, qui n'était plus qu'à une centaine de mètres. Il lui semblait même entendre la rumeur d'un moteur à l'approche.

Enfin, des phares apparurent au sommet d'une côte et Hazel se jeta en travers de la route, des larmes de soulagement aux yeux :

— Au secours ! Par pitié, arrêtez-vous !

Le véhicule pila net devant elle et elle entendit un cri de rage échapper à son poursuivant.

Elle se précipita à l'arrière de la voiture et se pencha entre les deux silhouettes assises à l'avant :

— Démarrez, je vous en conjure, c'est…

— Un cas de vie ou de mort ? suggéra Seth, un sourire cruel aux lèvres.

A ses côtés, Rhonda éclata d'un rire étrangement juvénile, avant de se retourner vers la jeune fille :

— On a piqué la caisse de ce bon Frère Yov ! Après tout, une partie de mes gages a aidé à la payer, alors ce n'est que justice. Qu'est-ce que tu en penses, Hazel ? Tu n'es pas contente d'être de retour parmi nous ? Auprès de la seule famille que tu aies jamais eue ?

Chapitre 44

Autant les traversées de la Caroline, de la Géorgie et de l'Alabama avaient semblé durer une éternité, autant celles de la Louisiane, du Texas et de l'Arizona s'exécutèrent en un éclair, Seth appuyant sur le champignon dès que possible.

Vautrée sur son siège, Hazel émergeait parfois de la torpeur qui l'avait envahie depuis sa tentative d'évasion et cherchait des motifs d'espoir.

Comme dans un film, elle ne cessait de revoir le moment où Justin avait garé la voiture devant le bureau du sheriff. Elle eut donné n'importe quoi pour revenir en arrière et se maudissait de ne pas avoir été plus attentive.

Maintenant, par sa faute, Justin était blessé, peut-être même mort.

Ses souvenirs étaient brouillés par la drogue : il lui semblait avoir entendu au moins deux tirs distincts, mais elle n'en était plus si certaine. Est-ce que Justin lui avait crié de s'enfuir après le premier ou bien le second coup de feu ? Avait-il été mortellement blessé ? Etait-il possible qu'il eut pu survivre à ses blessures et se cacher quelque part ?

Elle se revoyait assise à l'arrière de la voiture de Frère Yov, regardant, épouvantée, la silhouette du sheriff rebrousser chemin en direction de son bureau. La course avait dû l'éreinter, car il se tenait le côté gauche en ahanant.

La jeune fille ne pouvait alors contenir davantage ses larmes, imaginant Justin blessé et recroquevillé dans un angle du bureau du sheriff.

Attendant que celui-ci revînt pour l'achever.

Hazel n'était pas la seule en proie aux fantômes du passé. Au fur et à mesure qu'ils se rapprochaient de la Californie, Rhonda buvait de plus en plus. Elle ne cessait d'houspiller sa fille, lui reprochant sa dernière tentative de fuite :

— Après tout ce que j'ai fait pour toi ! Je pensais que tu serais au moins reconnaissante !

— Reconnaissante de m'avoir abandonnée et jetée dans un lac gelé ? De m'avoir enlevée de nouveau, dix ans plus tard, ou bien de m'avoir droguée et collée dans le ventre d'une vache ?

— J'ai fait beaucoup plus, la môme ! Si tu savais, beaucoup plus. J'étais là, tout le temps. Pas un instant, je n'ai cessé de te surveiller.

Hazel se gardait de toute réponse et finissait par fermer les yeux, le seul moyen pour elle désormais de s'échapper de ce cauchemar.

Quand elles n'étaient pas tournées vers Justin, ses pensées s'envolaient et ne cessaient de la ramener dans la ville de son enfance, à la maison jaune.

Elle revoyait Alan et Teresa, leur manière de se regarder d'abord, puis de la contempler ensuite, rayonnant d'amour.

Tout ce qu'Hazel espérait, c'est qu'elle n'avait pas détruit cela aussi.

Quand elle rouvrait les yeux, c'était pour sentir le regard de Rhonda sur elle et elle se demandait alors où toute cette histoire allait la conduire – si elle la conduisait seulement quelque part.

A présent, Hazel savait que Rhonda était aussi folle que l'on pouvait l'être, que les sangles et la camisole ne suffiraient jamais à contenir l'incroyable chaos qui remplissait l'espace entre ses deux oreilles.

Seth semblait lui-même parfois perdu. L'objet de leur périple le dépassait complètement. S'il tenait le volant, il ne faisait qu'obéir à Rhonda. Il jetait parfois un regard furtif sur Hazel :

— A quoi tu penses, la môme ? lui demanda-t-il un jour. Tu ne t'es toujours pas remise de ton baptême aux tripes ?

— Seth, arrête de dire des conneries, siffla Rhonda, comme pour le mettre en garde. Trouve-nous plutôt de quoi nous exciter les papilles.

Seth et elle jouaient en permanence à une sorte de jeu malsain, un rapport de forces ressemblant à l'accouplement de deux grands requins blancs. Dans ce cas-là, il valait mieux ne pas traîner dans les parages, surtout quand on savait, comme Hazel, quelle était leur manière particulière de se réconcilier.

A Oakland, ils quittèrent la route pour s'arrêter dans un terrain vague, en périphérie de la ville. Des montagnes de déchets de tout genre – pneus, machines à laver éventrées, gros clous rouillés, sacs en plastique et morceaux de tôles – jonchaient le sol.

Au milieu de ces bribes de vie à l'abandon, un vieil homme prenait le soleil sur une chaise longue, nu comme un ver.

Derrière lui, la carcasse d'une antique caravane Airstream essayait de se fondre dans le paysage sale sous une épaisse couche de crasse.

Au sommet de la remorque grise, un énorme chat sauvage se mit à feuler quand ils s'approchèrent. Aussi gros que son cousin du Cheshire, mais nettement moins affable.

— Voilà qui explique le cimetière d'opossums, marmonna Rhonda, en donnant un coup de pied dans un petit cadavre qui achevait de pourrir sous le soleil.

— Faites pas attention à Chat, il a ses humeurs, mais il n'est pas méchant, dit le vieil homme.

Il se leva et se dirigea vers eux, son sexe ballotant entre ses cuisses comme la trompe d'un éléphant paresseux :

— Rhonda, que me vaut le déplaisir de ta visite ? articula-t-il, en tirant sur son joint et sans trahir la moindre gêne.

— Jeff, j'ai besoin de scopolamine. La petite a le mal des transports et un fichu caractère, si tu vois ce que je veux dire.

Jeff cracha, avant de jeter un regard aigu à Hazel.

— C'est ta fille, n'est-ce pas ? La fille de ce bon vieux…

— Ta gueule, vieux fou ! le coupa Rhonda, en sortant son revolver.

Jeff esquissa un sourire rusé et leva les mains en l'air :

— Tout doux, Rhonda, tout doux. On va voir ce que j'ai dans ma caisse. Si vous voulez bien vous donner la peine de me suivre dans mon palais…

Dans la caravane, Seth se laissa choir dans un fauteuil défoncé, tandis que le vieil homme enfilait une robe de chambre élimée :

— C'est la belle vie, à ce que je vois, Jeff ! ricana Seth, en promenant un regard ironique autour de lui.

Pour la première fois, le vieil homme donna l'air de perdre son flegme :

— Je n'ai pas de leçons à recevoir d'un minable gigolo. T'as laissé tomber ce type pour qui tu bossais pour Rhonda, le jour où t'as pigé que ça te rapporterait plus ! ajouta-t-il, en coulant un regard vers Hazel.

La jeune fille réprima un frisson malgré elle. Jeff semblait savoir pas mal de choses sur Rhonda et Seth – mieux, il laissait entendre qu'ils se servaient d'elle.

Comme si tu ne le savais pas déjà, bécasse.

Seth leva les deux mains en un geste de protestation :

— Oula, mon vieux, calme-toi ! T'étais beaucoup plus cool du temps où tu faisais partie de la clique de ce bon vieux Frère Yov.

Les épaules de l'homme s'abaissèrent à la simple évocation du nom de son ancien gourou :

— Ce connard m'a viré. Ou plutôt, c'est le sheriff qui lui a dit de le faire. Jamais pu encaisser ce McDougal, qu'était comme un bout de merde accroché à la raie de Frère Yov. Il prétendait que mes petites combines risquaient d'attirer l'attention sur sa boîte, là…

— Chez Bernie, c'est la boîte du sheriff ? s'exclama Hazel, abasourdie.

— Comment tu crois que ce bon vieux Frère Yov achète sa tranquillité, jeune fille ?

Hazel s'assit sur un canapé miteux qui sentait la pisse de chat.

— Qu'est-ce que tu deviens depuis que tu as quitté Frère Yov ? demanda Rhonda.

—- J'fais le ménage dans une pharmacie et j'me sers au passage. Pas mal. Le gérant est un incapable, ça aide : le secret, c'est de voler le lendemain des inventaires.

Rhonda se mit à bailler ostensiblement :

— Ouais, on demande à voir…

Jeff lui jeta un nouveau coup d'œil rusé :

— Et si vous commenciez par montrer ce que vous avez apporté à tonton Jeff ?

Rhonda ouvrit son sac, sortit un rouleau de billets retenu par un élastique et le posa devant elle sur la table basse.

Je croyais qu'elle avait déjà tout donné à Frère Yov, pensa Hazel.

Jeff ouvrit de grands yeux :

— Ce bon vieux Franklin !

Il se leva et rapporta une bouteille de bourbon remplie de sucre et de feuilles de menthe, dont il versa le contenu dans des verres sales.

— 'Scusez, j'ai pas de glace, sans quoi ce serait un vrai Mint Julep, dit-il, en donnant une caresse rapide au chat sauvage qui venait de se faufiler dans la caravane.

Puis il aligna devant eux des sachets remplis d'herbe à rire et de pilules colorées, dont il se mit à énumérer les délirantes vertus avec gourmandise.

Seth en choisit trois de la même couleur, les avala avec du Mint Julep et renversa la tête en arrière, comme s'il espérait surprendre une naine jaune au plafond du taudis roulant de Jeff...

... Avant d'éclater de rire.

Hazel et Rhonda suivirent son regard et découvrirent, stupéfaites, un ciel tapissé de playmates dans des positions défiant les lois de la gravité terrestre.

— Ah, je vois que vous admirez ma chapelle Sixtine ! On n'sait plus à quel sein se vouer, n'est-ce pas ? Quand j'doute du bien-fondé de l'existence, j'ai qu'à lever les yeux pour me remettre à croire en Dieu.

— Amen, répondit Seth, en rotant.

Le regard méprisant que lui lança Jeff valait une bonne décharge de chevrotines :

— J'aimerai que t'ailles aut'part, Seth, loin d'ici et que tu y restes suffisamment longtemps pour que j'oublie ta tronche !

Rhonda lâcha un soupir excédé, en donnant un coup de pied au chat, qui fila dehors, avec un miaulement de douleur.

— Vous l'avez appelé Chat à cause du film avec Audrey Hepburn ? demanda Hazel.

— Plutôt d'après la nouvelle de Truman Capote. J'ai toujours trouvé cette Hepburn trop maigrichonne.

Son regard délavé donna l'impression de vouloir revérifier l'absence de petite culotte de cette étourdie de Miss Avril 62 et Rhonda fit une moue dégoûtée :

— Pauvre camé.

Chapitre 45

Soudain, Rhonda se redressa de son siège et attrapant le vieux par la manche, l'obligea à la regarder :

— On n'en a rien à foutre de tes cachetons à papa, Jeff. Où est la scopolamine ?

Jeff eut un petit regard rusé : il défit le rouleau de billets et d'une main, les disposa en éventail, avec l'aisance d'un croupier.

Toutes les coupures du milieu n'étaient que de vulgaires feuilles de journaux.

Jeff secoua la tête :

— C'est bien ce que je pensai.

Rhonda ouvrit de nouveau son sac et en sortit le revolver, qu'elle braqua sur lui :

— La scopolamine. Maintenant.

Jeff secoua la tête, incrédule :

— Y a rien d'autre ici, parole ! J'ai arrêté tous ces trucs que Frère Yov faisait ingurgiter aux filles. A la longue, ça entraînait de sales réactions, ajouta-t-il, avec un regard mauvais en direction de Rhonda.

Seth soupira, avant de pousser la bouteille de Mint Julep encore à demi-pleine vers Jeff :

— Tu devrais boire un peu.

— Oui, Jeff, ça te ferait le plus grand bien de te détendre un peu, fit Rhonda, en prenant une poignée de pilules. Allez, tu vas nous avaler tout ça sans faire d'histoires ! En souvenir du bon vieux temps.

Le vieil homme leva une main tremblante pour protester :

— Il y en a beaucoup trop, j'vais jamais me réveiller si j'en prends autant !

Rhonda lui agita son revolver devant les yeux, avant de poser le canon contre sa tempe :

— Fais pas ta mijaurée, Jeffrey. Tu vas faire ce que tu nous demandais toujours de faire, à nous les filles. D'avaler.

Le regard de Jeff vacilla et une larme coula jusqu'à sa bouche griffée de rides.

Hazel sentit un vertige familier s'emparer d'elle et comme sa tête partait en arrière, sa vision s'emplit d'un kaléidoscope de seins et de fesses de toutes les formes et de toutes les couleurs.

— Rhonda, a… attends, parvint-elle à articuler, en s'efforçant de se redresser. Il a raison, il y a bien trop de pilules !

— Tu veux partager les cachetons de ce brave Jeff ? Non ? Alors tais-toi !

Hazel était assez proche de Rhonda pour distinguer le moindre détail du revolver. L'arme avait un éclat métallique, qui lui rappela soudain, allez savoir pourquoi, le caddy renversé qu'elle avait vu dans le fossé, juste avant de quitter le motel d'Horovia.

Et soudain, elle se souvint qui était le dernier personnage qu'elle avait vu, lors du Baptême Pourpre : le S.D.F. qui leur avait réclamé de l'argent pour garder leur voiture durant la nuit.

Son regard tomba sur une pilule tombée à ses pieds.

Voilà le lien. Le lien entre les comprimés que lui donnait Rhonda chaque matin contre le mal de voiture et l'indolence qu'elle ressentait ensuite. Depuis qu'ils avaient quitté Charity, Rhonda s'était appliquée à la droguer et à lui retirer tout son libre-arbitre.

Le puits sombre dans lequel elle avait cru basculer lors du Baptême Pourpre était moins profond que le gouffre de l'implacable vérité.

Enfin, le bruit des déglutitions pénibles de Jeff, entrecoupé de sanglots rauques disparut et Hazel bascula dans le merveilleux pays de nulle part.

Quand la jeune fille rouvrit les yeux, un soleil en fin de course marbrait de rouge les murs de la caravane. Elle se redressa, jetant un regard dérouté autour d'elle. En face d'elle, Jeff contemplait d'un œil vide un paradis de voluptés désormais inaccessibles, un filet de bave séchée au coin des lèvres.

Elle tituba jusqu'à la porte et jaillit au-dehors, comme vomie sur le terrain vague par la vieille caravane. Les graviers imprimèrent une brève douleur sur ses paumes et ses genoux, l'aidant à reprendre ses esprits.

Devant elle, Seth et Rhonda s'amusaient à jeter des pierres sur le gros chat sauvage, dont le flanc déchiré laissait voir l'éclat blanc de l'os. Profitant de ce que la porte de la caravane était restée ouverte, il se précipita à l'intérieur et se lova sur les genoux morts de son maître.

Elle n'eut pas le temps d'en voir plus, car déjà, Rhonda se précipitait sur elle, la forçant à se relever, en lui tirant les cheveux :

— Toi, plus jamais tu me contredis ! Allez, monte dans la voiture !

Une fois dans le véhicule, Hazel ne put retenir la question qui lui brûlait les lèvres :

— Vous avez tué le S.D.F., au motel, n'est-ce pas ?

Tout semblait si clair soudain : si la moralité de sa mère était dépourvue de tout sens commun, c'était parce que celle-ci en ignorait tout bonnement la signification — et de la moralité, et du sens commun.

— Quel S.D.F ? demanda Rhonda et l'espace d'une seconde, Hazel espéra qu'elle avait tout faux, que son imagination, yodelee-yodelee-heehoo, lui jouait des tours.

Mais Rhonda fronça soudain les sourcils, avant de s'exclamer :

— Oh, tu veux parler du type du motel au caddy ? Oui, on l'a buté et alors ? Il avait vu la photo des Noirs, dans la voiture et il était beaucoup trop bavard.

Hazel sentit sa bouche s'assécher :

— Je... Je l'ai vu pendant le Baptême Pourpre. Et Miss Jeanny, Clara, Alessan...

— Oui, oui, c'est moi aussi, fit Rhonda, avec fierté. Ils t'en faisaient voir de toutes les couleurs, alors ils ont eu ce qu'ils méritaient !

Elle étouffa un bâillement avec son poing :

— J'avais envoyé un petit avertissement à deux des pestes qui s'en étaient prises à toi à ce fichu anniversaire, en tuant le chat de l'une et ce stupide poney, qu'il a fallu droguer parce qu'il ne se laissait pas approcher ! Mais cette Clara n'a rien trouvé mieux que d'essayer de te noyer, alors il a bien fallu la zigouiller.

— Mais comment étais-tu au courant, pour cet anniversaire et tout le reste ? balbutia Hazel, atterrée.

— C'est cet idiot d'Alan qui m'en a donné l'idée, répondit Rhonda, en haussant les épaules. Il t'a construite une cabane et j'ai pris l'habitude d'aller y faire de temps en temps un tour, quand vous dormiez. Tu n'imagines pas tout ce que j'ai pu apprendre de ta vie, en lisant ton journal intime !

Hazel revit alors les traces de boue sur le sol de sa cabane, les objets qui semblaient se volatiliser ou changer de place, sans raison.

— Allons, ne fais pas cette tête ! C'était ça, la surprise que je te réservais. Connais-tu seulement une mère capable de faire tout cela pour son enfant ? Il n'y avait que moi pour te donner une telle preuve d'amour.

La jeune fille secoua la tête, atterrée, avant d'ouvrir de grands yeux :

— Les insectes, dans mon lit ! C'était toi aussi ?

— C'était pour que tu ne t'endormes pas dans une douceur trompeuse ! Pour te secouer, te montrer que tu vivais dans un monde en décomposition, exactement comme celui-ci ! s'exclama Rhonda, en balayant la déchetterie du regard.

— Ca... ça n'a rien à voir !

— Tu crois ? Tu n'étais pas éveillée, Hazel ! Tu peux passer ta vie à cracher des noyaux dans le même vieux caniveau, ça n'y fera jamais pousser un cerisier ! Depuis que nous sommes partis, tu chiales après un couple qui ne t'a jamais considérée pour ce que tu étais réellement ! Ils ne te comprenaient pas comme moi, qui venais te voir la nuit, pendant que tu dormais. A leurs yeux, tu n'étais qu'un succédané : ils voyaient leur fille morte à travers toi. Bon sang, ils t'ont même donné son prénom !

— Tu es... tu es folle, murmura Hazel.

Soudain, elle pâlit, en se souvenant qu'elle avait aussi vu Tim.

— Oh mon Dieu, tu... tu as tué Tim aussi !

Si elle parvint à lutter contre le vertige qui s'emparait à nouveau d'elle, elle ne put rien en revanche contre les vagues de larmes brûlantes déferlant sur ses joues :

— Comment as-tu pu faire une chose pareille ? s'écria-t-elle, pleine de haine. C'était mon ami !

Rhonda secoua la tête, à ses yeux la réaction d'Hazel n'étant qu'un caprice :

— C'était un fouineur ! Toujours à surveiller ta maison, à regarder qui y entrait et en sortait, à traîner dans le quartier où tu habitais…

— Il y habitait aussi !

— Et bien, il n'aurait pas dû. Il était beaucoup trop curieux et surtout, c'était un attardé. Un poids pour la société.

Elle fit une pause, avant de se tourner vers Hazel, le regard froid :

— Hazel, la vérité n'est jamais belle à voir : malgré tout, elle finit toujours par nous baiser un jour. Tu es ma fille, ce qui veut dire que tu m'appartiens et que je t'appartiens. Tout ce qui est à toi me revient et je te donne tout ce que je peux de mon côté. J'ai été jusqu'à me mutiler pour toi, ne l'oublie jamais !

Elle se retourna face à la route et fit signe à Seth de démarrer :

— En route, mauvaise troupe. Nous sommes enfin prêts à retourner à Paradize.

Chapitre 46

Depuis qu'ils avaient abandonné derrière eux la caravane du vieux Jeff, Hazel était dans un état second.

Elle ne parvenait tout simplement pas à se pardonner d'avoir mené les victimes de Rhonda à leur perte, en les désignant dans son journal intime.

Quelle curieuse absurdité de réaliser que non seulement les mots ont littéralement le pouvoir de tuer, mais que votre mère est folle à lier.

Surtout, elle s'efforçait de ne pas penser à Tim, qui avait payé de sa vie une trop grande curiosité. Elle avait la sensation que si elle le faisait, elle passerait le temps qui lui restait à vivre à pleurer : au rythme où allaient les choses dernièrement, elle ne pouvait pas se permettre un tel luxe.

Ils n'avaient quitté Oakland que depuis quelques kilomètres, lorsqu'une sirène de police se fit soudain entendre derrière eux.

Après un bref moment d'hésitation, Seth se gara sur le bas-côté.

— Qu'est-ce que tu fous ? hurla Rhonda, en agrippant le poignet de Seth.

— Je réfléchis, c'est tout, répondit Seth. On n'a aucune chance de semer une bagnole de police, avec la vieille caisse de Frère Yov.

Seth coupa le contact : dans le rétroviseur, son regard croisa brièvement celui d'Hazel, puis se reporta sur le véhicule à l'arrêt, vingt mètres derrière eux.

La silhouette du policier était à contre-jour et ils étaient trop loin pour voir ce qu'il manigançait. Les minutes défilaient sans qu'il ne fît mine de quitter son véhicule et la chaleur emplissait leur voiture à l'arrêt.

— Mais qu'est-ce qu'il fiche, à la fin ? s'impatienta Rhonda.

— A mon avis, il est en train de vérifier la plaque d'immatriculation, marmonna Seth.

Soudain, Rhonda se tourna vers Hazel :

— C'est notre joli joker ici présent qui va nous tirer la, n'est-ce pas, la môme ?

Son visage prit alors une expression qu'Hazel avait appris à reconnaître, ce petit air malin qu'elle avait, avant de balancer une vacherie ou de faire un sale coup – comme Frère Yov, elle eut fait une très mauvaise joueuse de poker.

Elle fouilla dans son sac et en sortit son revolver, qu'elle tendit à Hazel par la crosse.

— Tu vas y aller, la môme, et tu vas faire comme Seth t'a appris l'autre jour.

— Tu... tu es au courant ? balbutia Hazel.

— Qu'est-ce que tu crois ? s'exclama Rhonda. C'était un test et d'après Seth, tu t'en es bien tirée.

Hazel croisa le regard de Seth dans le rétroviseur et comprit instantanément – *il ne lui a pas dit que j'avais tenté de m'enfuir.*

— Pourquoi tu n'y vas pas, toi ? demanda Hazel, en repoussant violemment le revolver qu'on lui tendait.

— Parce qu'il ne nous laissera pas faire un pas en-dehors de la voiture et tu le sais. En revanche, il ne se méfiera pas d'une toute jeune fille. Et il aura tort. Il pensera que tu es comme les autres, qu'on t'a conditionnée à être douce et médiocre, à vouloir plaire à tout le monde. Que tu es une aspirante de plus au rôti dans le four et au polichinelle dans le tiroir. Il regardera ton cul et tes seins, mais il ne verra pas l'arme dans ta main.

Hazel sentit un vertige l'envahir. Elle avait la sensation que son pouls lui emplissait les oreilles, l'empêchant de se concentrer.

Elle n'avait qu'à tendre le bras, saisir le revolver, braquer Rhonda et Seth, en hurlant au policier de venir la sauver.

C'était aussi simple que cela.

En lui offrant sur un plateau une telle occasion de se débarrasser d'elle, Rhonda se rendait plus que vulnérable. Elle était comme un loup qui se met sur le dos pour lui offrir son ventre : en abandonnant son arme à Hazel, elle lui laissait l'occasion de choisir la personne qu'elle voulait être.

Toute sa vie, Hazel s'était sentie reliée à sa condition d'orpheline. Un sac d'attentes à ne jamais décevoir, un placenta vieux et lourd refusant de se détacher. Elle devait à la fois être parfaite et témoigner de sa gratitude.

Le Baptême Pourpre avait révélé la folie de Rhonda – une folie destructrice qui lui avait fait tuer tous ceux qui se mettaient en travers de sa route et de celle de sa fille. Il en résultait un amour malsain et complétement aliéné.

Oui, mais voilà, on n'avait jamais aimé Hazel de cette façon. L'amour qu'Alan et Teresa avaient l'un pour l'autre l'excluait parfois, malgré eux ; quant à Justin, il avait préféré partir à la guerre.

Aussi Hazel attrapa-t-elle le revolver et le glissa-t-elle dans la poche flottante de sa robe.

— On te regarde, mon chou, dit Seth et Hazel crut soudain entrevoir quelque chose dans ses yeux, une promesse qu'il ne destinait qu'à elle seule. Comme s'il tenait en main une deuxième arme, que ni Rhonda ni Hazel n'avaient vue jusqu'alors.

Elle sortit de la voiture et d'une démarche incertaine, s'avança vers la Dodge Coronet du policier, dont elle ne voyait que le chapeau à larges bords. Quand elle arriva à sa hauteur, elle pâlit affreusement :

— Toi ? Ce... ce n'est pas possible...

Sa main se posa sur le rebord de la fenêtre du conducteur et les doigts du faux policier se refermèrent doucement sur les siens :

— Surprise surprise, dit Justin, en grimaçant.

Il avait une large tache de sang séché sur le côté droit de sa chemise, sur lequel il portait, de temps à autre, une main fébrile, malgré lui. Son beau visage était pâle à faire peur, mais il était bel et bien vivant. Hazel sentit des larmes de soulagement monter à ses yeux.

Malgré elle, elle jeta un coup d'œil vers la voiture où Seth et Rhonda attendaient.

— Je ne comprends pas, murmura-t-elle précipitamment. Quand Seth et Rhonda m'ont récupérée sur la route, j'ai vu le sheriff repartir vers le commissariat ! Comment as-tu réussi à te débarrasser de lui ?

— Je n'ai rien eu à faire ! fit Justin avec un petit rire, qui lui tira une grimace de douleur. Figure-toi que ce gros balourd est revenu tout essoufflé de sa course après toi et en se tenant le bras gauche. Il s'est écroulé sitôt entré dans le commissariat et il est quasiment mort à mes pieds !

Il tapota le volant avec un sourire en coin :

— J'ai appelé mon père pour le prévenir et j'ai obtenu de lui une avance de quelques jours pour te retrouver. Apparemment le sheriff McDougal avait mauvaise réputation auprès de ses pairs... mais bon, mon père me tuerait s'il savait que je lui ai fauché sa caisse.

Hazel n'en croyait pas ses oreilles :

— Comment nous as-tu retrouvé ?

— Grâce à la radio du sheriff : j'ai trouvé un canal sur lequel les flics du coin parlaient du corps d'un dealer découvert à moitié bouffé par son chat, dans une caravane. Un type dont la dernière adresse connue était en Alabama, pas loin de l'endroit où crèche Frère Yov. Du coup, je me suis douté que les deux gusses qui t'accompagnent y étaient pour quelque chose.

A ses paroles, Hazel jeta un regard inquiet vers la voiture arrêtée devant eux :

— Désolée, Justin, mais il va falloir que tu sortes de la voiture.

— Tu sais que je ferais n'importe quoi pour toi en temps normal, ma belle, mais pour en revenir au trou dans ma chemise, je ne suis pas en superbe forme, comme tu peux le voir.

La mort dans l'âme, la jeune fille hocha la tête comme pour elle-même :

— Alors tu ne me laisses pas le choix, Justin, dit-elle en sortant son revolver de sa poche.

— Eh, sérieux, tu braques ton arme sur moi ? Arrête de faire l'andouille et grimpe.

— Je ne peux pas, répondit Hazel, en ajustant sa position comme Seth le lui avait appris. Tu ne comprends pas, mais il faut que j'aille jusqu'au bout : à Paradize, la maison de Zeus

Delanay. Tout est si flou et confus, dans ma tête, je veux comprendre d'où je viens.

Justin secoua la tête avec impatience, comme s'il avait affaire à une gamine capricieuse :

— Hazel, je te promets que je trouverai ton fichu Paradize, mais là tu dois monter et partir avec moi. Tu sais que tu vas mourir, avec eux ?

Elle se mit à parler plus fort :

— Peut-être, mais bizarrement, je ne me suis jamais sentie aussi vivante. Je me réveille tous les jours avec la peur au ventre, mais je profite de chaque seconde.

Puis elle chuchota :

— Allez, Justin, maintenant sois gentil et couche-toi.

Du coin de l'œil, elle venait en effet de voir la portière avant de la voiture de Frère Yov s'ouvrir et le pied nu de Seth se poser sur le sol – leur temps était désormais compté :

— Je m'en occupe, Seth ! s'écria-t-elle, d'une voix enrouée par la peur.

Le soleil la faisait cligner des yeux et elle sentait la sueur dégouliner de ses doigts sur la gâchette, rendant celle-ci dangereusement glissante.

— Bon sang, allonge-toi, Justin ! Ne rends pas les choses plus compliquées qu'elles ne le sont déjà, ajouta-t-elle, dans un sanglot.

— Tu n'as pas à le faire, tu sais, dit Justin, la voix soudain éraillée par le doute et la peur.

Malgré tout, il finit par obéir en s'allongeant sur le dos, ses mains devant lui comme s'il espérait arrêter une balle :

— Pourquoi fais-tu ça ? Tu n'as pas…

— Je n'ai le choix ! s'écria Hazel, avant de tirer.

La déflagration fit s'envoler une nuée d'oiseaux et Hazel s'obligea à suivre leur vol des yeux, pour ne plus voir l'intérieur du véhicule.

Il lui sembla qu'une partie d'elle-même s'envolait elle aussi avec eux et elle se sentit soudain (*étonnamment, atrocement*) plus légère.

Chapitre 47

Une fois Hazel de retour dans la voiture, Seth démarra sur les chapeaux de roue, tandis que Rhonda récupérait l'arme encore brûlante :

— Pour le coup, tu m'as surprise, la môme. Je ne pensais pas que tu aurais le cran nécessaire.

— Alors pourquoi m'avoir donné cette arme, dans ce cas ? répondit Hazel, avec humeur.

Dans le rétroviseur, Seth lui adressa un regard faussement compréhensif :

— C'est dur, la première fois, n'est-ce pas ?

Hazel ferma les yeux, pour les décourager de lui poser d'autres questions stupides sur la manière dont elle se sentait. Elle n'avait à présent qu'une hâte : gagner Paradize.

Quand ils arrivèrent en Californie, Hazel sentit qu'ils touchaient enfin au but.

Le climat était bien plus sec que dans le sud-est. A force de décontraction, les gens donnaient l'impression de flotter plus que de marcher : ils semblaient tous pratiquer le yoga, ou abriter un éléphant bengalais dans leur jardin. Les clones de Frère Yov s'essaimaient à travers les rues telle une franchise, longue barbe au vent et décérébrés dans le sillage blanc de leur soutane.

Cela fut on ne peut plus évident quand ils dînèrent dans « le » restaurant de Los Angeles : « la Source ». Ils furent accueillis par un hôte à la barbe blanche, servis en plats végétariens par des jeunes gens en blanc, tandis qu'une fille blême et échevelée grattait les cordes d'une cithare blanche – dans un coin blanc, lui aussi.

L'envers de ce beau pays, c'était la sécheresse incroyable et l'air chaud, qui charriait parfois foudre et orages. Chaque année, des incendies ravageaient des centaines d'hectares, redistribuant les cartes au sein de cette petite communauté de privilégiés.

Ils traversaient à présent des paysages alternant de grands espaces miraculeusement préservés avec des étendues lunaires, où ne subsistaient que des troncs calcinés.

Au loin, des fumerolles trahissaient la persistance de foyers dans les collines.

— Voilà ce qui arrive, quand on n'éteint pas sa cigarette avant de la jeter ! ricana Seth, en leur montrant un énorme panneau Marlboro, sur lequel deux sémillants cow-boys donnaient l'impression de se divertir de la situation.

Un matin, Rhonda acheta dans un magasin de fripes d'occasion une robe en velours bleue marine et força Hazel à l'enfiler. Trop chaude pour le climat californien, elle avait au moins l'avantage de la faire paraître moins maigre.

— Parfait. Avec ça, on te donnerait ce crétin de bon Dieu sans confession, maugréa Rhonda.

Elle avait, quant à elle, passé une longue robe noire et Seth, un costume et une chemise blanche.

Quand il surprit le regard d'Hazel sur lui, il lui demanda :

— Avoue : tu me trouves beau, n'est-ce pas ?

— Tu ressembles à un croque-mort. On enterre qui, ce coup-ci ?

— C'est pas à moi de te le dire, la môme. Sur ce coup-là, c'est Rhonda qui commande.

Sur ce coup seulement ? Moi, je dirais : à tous les coups, mon chou.

Il roula plus d'une heure dans les collines, sans la moindre hésitation, comme s'il connaissait la route par cœur.

Soudain, Hazel poussa un cri qui les fit sursauter :

— Tu es folle ? J'ai cru que tu m'avais crevé les tympans ! rugit Rhonda.

— C'est aujourd'hui le grand jour ! s'exclama Hazel, sans prêter attention au regard furieux que lui jetait sa mère. Seth, ça y est, nous allons à Paradize, n'est-ce pas ?

— Ouais, ça pour y aller, on y va, fit Seth.

Enfin, la voiture ralentît devant un imposant portail, dont le fronton annonçait, en lettres gothiques : « Paradize ».

Rhonda grommela :

— Tu parles d'un paradis, c'était un enfer avec ce vieux radin.

Ils se garèrent devant une énorme bâtisse couleur crème, très certainement à la démesure de l'ego de son propriétaire.

— Voici le rocher où est plantée l'épée, ne put s'empêcher de dire Hazel, en sortant de la voiture, les yeux levés vers l'incroyable édifice.

— Toi et tes références littéraires à la con, grogna Rhonda, en ajustant le col Claudine de la jeune fille et en plaquant une boucle rebelle, du plat de la main.

Comme Hazel la contemplait avec un air interdit, Rhonda suspendit son geste :

— Quoi ? demanda-t-elle, sur la défensive.

— Rien, fit Hazel. De ta part, c'est juste le geste le plus maternel que tu aies jamais eu pour moi.

…Et en soi, c'est terrifiant.

Mais déjà, Rhonda la poussait en direction de la maison.

La gouvernante en uniforme noir qui leur ouvrit la porte les gratifia d'un sourire dénué de chaleur :

— Bonjour, Rhonda, bonjour Seth.

Sa voix trahissait ce mélange subtil de dédain et de mépris qu'un personnel aguerri réserve aux pique-assiettes. *Ou l'art de traiter quelqu'un comme une chaussette sous couvert de politesse. Mazel Tov !*

— Vous êtes déjà venus ici ? demanda Hazel à Rhonda.

— J'y ai même vécu, figure-toi. C'était il y a très longtemps, une autre vie. Seth, lui, est arrivé plus tard. Ici, nous sommes dans la maison de Zeus Delanay, l'homme le plus riche et le plus corrompu de cet Etat, n'en déplaise à cette brave Virginia ici présente.

La femme se contenta de hausser les sourcils, avant de se tourner vers Hazel, avec plus de douceur :

— Bonjour, Mademoiselle. J'imagine que vous êtes….

— Sa fille, lança Rhonda à la figure de la gouvernante, comme on jette des pièces à un mendiant.

Hazel ouvrit des yeux en coquilles d'escargots :

— La fille de Zeus Delanay ? Du propriétaire de cette bara… de cette villa, je veux dire ? demanda-t-elle, incrédule.

Au fond, elle se fichait pas mal qu'il habitât un taudis, ou bien un château dans les Carpates. Son père existait : elle était dans sa maison et allait le rencontrer, enfin !

Soudain, Hazel comprit quelque chose :

— Tu es revenue… pour me conduire à lui ? C'est ça ? Mais pourquoi seulement maintenant ?

— Parce que ton père nous a tourné le dos, quand tu es née.

— Ma version de l'histoire diffère légèrement, fit Virginia, d'une voix aigre.

— Vous, mêlez-vous de ce qui vous regarde.

La gouvernante leva de nouveau un de ses sourcils parfaitement épilés et répondit d'une voix glaciale :

— Certes, cette petite lui ressemble, mais il faudra tout de même un acte de naissance.

Rhonda extirpa un papier froissé de son sac et après un haussement d'épaules fataliste, la gouvernante leur fit alors signe de la suivre.

Hazel se pencha vers Seth pour lui demander :

— Pourquoi faut-il un extrait de naissance pour rencontrer mon père ?

— Ça, faut demander à Rhonda ! J'ai très peu connu ton père, il m'a juste engagé il y a quelques années pour retrouver ta mère. Ou plutôt, pour TE retrouver, mais il savait que si je mettais la main sur Rhonda, je ferai d'une pierre deux coups ! C'est lui qui m'a dit de débuter mes recherches chez Bernie, là où il l'a rencontrée la première fois.

— Arrêtez vos messes basses tous les deux, siffla soudain Rhonda, en se tournant vers eux. C'est assez dur comme ça de remettre les pieds ici. Je hais cette maison, au moins autant que ce qu'elle m'a fait.

Hazel voyait difficilement ce que Rhonda pouvait reprocher à cette demeure, digne d'un décor d'Hollywood.

Sous leurs pieds, de riches parquets aux bois précieux en point de Hongrie, des tapis d'Aubusson ou des dalles en marbre de Carrare ornaient couloirs et salons de réception. Au-dessus de leurs têtes, des lustres en verre de Murano animaient de reflets chatoyants les meubles marquetés et des tableaux dignes des collections d'un musée.

Partout, imprégnant soies et velours, flottait une odeur lourde de cigare mêlée à un parfum de canaillerie. *On dirait qu'Al Capone va débarquer d'un moment à l'autre et nous rappeler que le capitalisme est le racket légitime organisé par la classe dominante.*

Enfin, ils parvinrent devant une double porte, que Virginia ouvrit d'un seul mouvement. Elle s'effaça pour les laisser pénétrer dans une chambre digne de Sardanapale : tout y semblait démesuré.

Soudain, Seth et Rhonda s'écartèrent et Hazel put enfin voir le lit dans son intégralité.

Un homme y reposait, l'air impassible, sous un gigantesque portrait.

Ses beaux cheveux blancs étaient coiffés en arrière et ses mains, jointes sur sa poitrine comme s'il s'apprêtait à entonner l'Ave Maria. Il portait un costume d'apparat et des chaussures vernies qui brillaient doucement.

Des chaussures de gala pour faire la sieste : y a pas de doutes, on est chez les riches !

Hazel réalisa soudain que l'homme assoupi était le personnage du portrait et elle s'approcha du lit avec précaution, pour éviter de le réveiller.

Ça doit quand même faire bizarre de dormir à l'ombre de soi-même, pensa-t-elle.

Rhonda posa une main sur l'épaule d'Hazel et lui dit :

— La môme, je te présente ton père, Zeus Delaney. Zeus, voici ta fille, mais je pense que là où tu te trouves maintenant, ça ne doit te faire ni chaud ni froid.

Et Hazel comprit enfin.
Le jour où je rencontre mon père, c'est pour le découvrir mort.

Chapitre 48

Hazel examina avec attention la dépouille de son père, l'observant sous tous les angles : si les traits du visage étaient marqués par la maladie et l'âge, le corps restait encore sculpté par la discipline et l'effort.

— C'était un très bel homme, fit Virginia, en voyant l'expression émue de la jeune fille.

— Il avait des oursons dans les poches, corrigea Rhonda.

— Vous dites cela, parce qu'il n'a jamais voulu vous épouser, vous, la fille sortie du ruisseau.

Le nez de Rhonda frémit de colère, mais elle sourit finalement :

— Ma chère Virginia, vous aussi, vous connaitrez bientôt le ruisseau.

— Monsieur Delanay m'a assurée que je resterai au service de la maison, répliqua Virginia, mais elle ne put s'empêcher de lancer un regard inquiet à Hazel.

Pourquoi me regarde-t-elle comme ça ? Qu'elles règlent leurs histoires de ruisseaux ailleurs, moi je veux sortir d'ici. J'ai vu mon père ou ce qu'il en restait, c'est super, mais maintenant je rentre à Charity. Cette odeur de cigare me donne envie de vomir.

Hazel se tourna vers Rhonda :

— Tu savais qu'il était mort ?

— Seulement qu'il était mourant. Ton père voulait te voir avant de mourir, mais malheureusement, nous ne sommes pas arrivés à temps.

La gouvernante secoua la tête, sifflant son mépris entre les dents :

— Mr Zeus Delanay est tombé malade il y a plusieurs années de ça. Vous aviez largement le temps de revenir avec sa fille avant ! Tous ces appels en PCV, où vous faisiez semblant de vous enquérir de sa santé… en réalité, vous n'êtes que des vautours, vous attendiez sa mort !

Virginia fit une pause et jeta un regard triste à Hazel :

— Sais-tu, petite, qu'il n'a cessé de te chercher durant toutes ces années ? Ce n'était pas quelqu'un de bien au sens où on l'entend habituellement, mais le regret de ne pas te connaître le rendait à la fin plus humain.

A ses paroles, Rhonda leva ses bras en l'air, faisant s'entrechoquer ses bracelets :

— Bon sang, il l'aurait vue tous les jours, s'il m'avait épousée ! s'exclama-t-elle, rageuse.

— Pour lui, votre place était dans le bouge où il vous a rencontrée, répliqua Virginia. Il n'a accepté de reconnaître sa fille qu'à la condition expresse que vous disparaissiez.

— J'ai tenu parole, que je sache, maugréa Rhonda.

— Oui, mais vous avez emporté Athéna avec vous.

Hazel écarquilla de grands yeux :

— Athéna ? Mon père s'appelait Zeus et.. je m'appelle Athéna ?!

— Votre père, que Dieu ait son âme, était plus doué en affaires qu'en imagination, fit Virginia, avant de s'arrêter devant la porte entrouverte d'un salon :

— Nous y voici, annonça-t-elle. Vous êtes en retard pour ce qui est de rencontrer le maître des lieux, mais vous arrivez juste à temps pour la lecture du testament.

De fait, trois hommes en costume sombre les attendaient.

A leur approche, ils se levèrent et se présentèrent comme les avocats de feu-le-regretté-et-richissime Zeus Delanay.

En fausse veuve éplorée, Rhonda porta aussitôt son mouchoir à ses yeux secs, reniflant bruyamment.

Virginia referma les doubles portes sur ce spectacle, en levant les yeux au plafond :

— Je reste dans le couloir, si vous avez besoin de moi, dit-elle à l'intention d'Hazel.

L'heure suivante vit la lecture d'un charabia juridique, dont il ressortait que Missus Athéna Roberta Gladys Penelope Delanay était l'unique légataire de son père et de ce fait, l'héritière de toute sa fortune, soit un total de 100 000 hectares et d'une somme abracadabrante à sept chiffres.

Seth et Rhonda donnaient de petites tapes sur les bras de la jeune fille à intervalles réguliers, comme s'ils avaient peur qu'elle ne s'endormît ou ne s'évanouît à tout moment.

En réalité, Hazel s'efforçait de réfléchir froidement à la situation.

Elle revoyait en esprit leur long cheminement à travers tout le pays, la troublante lenteur avec laquelle ils s'étaient dirigés vers cette maison, en définitive…

En somme, nous avions moins rendez-vous avec un mourant qu'avec un testament.

Elle ferma les yeux. Comme tout était clair, soudain !

— Mademoiselle, vous allez bien ? demanda soudain un des avocats. Est-ce que vous voulez un verre d'eau ?

Hazel rouvrit les yeux et jeta un coup d'œil hébété autour d'elle.

— Je souhaiterai me rafraîchir, s'il vous plaît.

Rhonda s'empressa de se lever pour l'accompagner, masquant son impatience sous un sourire fébrile :

— C'est la chaleur, dit-elle à l'attention des avocats. La pauvre petite vient de subir un choc, elle n'a besoin que de quelques petites minutes !

Hazel sortit du bureau, une main sur le cœur : la gouvernante les conduisit dans une pièce, dont la fonction première ne sautait pas aux yeux. On eut dit un boudoir, plus que des toilettes. Jackie Kennedy-bientôt-Onassis aurait pu y tenir salon sans rougir, tant tout y était coquet et mignon : une vraie bonbonnière.

Rhonda se laissa tomber dans un profond fauteuil, où elle alluma une cigarette, sous le regard réprobateur de la gouvernante.

— Allez chérie, dépêche-toi, qu'on y retourne, fit la mère d'Hazel. Tu ne trouves pas tout cela très excitant ?

Voilà qu'elle me donne du « chérie », à présent. Elle doit drôlement tenir à tous ces millions !

Alors qu'elle posait la main sur la poignée de la porte des toilettes, Hazel se retourna pour poser une question à brûle-pourpoint :

— Pourquoi ne m'as-tu jamais parlé de mon père ?

— Mon chou, je savais qu'il était malade, mais du diable si je me serais douté qu'il casserait sa pipe avant notre arrivée ! Je voulais te faire une surprise, mais il a toujours eu un si mauvais sens du timing... Je crois que tu tiens ça de lui.

Tu parles.

Bien sûr, Hazel garda cette dernière réflexion pour elle et pénétra dans la cabine. Comme elle l'espérait, il y avait une petite fenêtre et elle n'eut qu'à monter sur la cuvette pour atteindre la poignée dorée.

Derrière la porte, elle entendit Rhonda bailler bruyamment :

— Tu sais, la môme, j'ai été riche moi aussi. Je me rappelle encore de l'effet que cela fait ! J'étais parée des plus beaux bijoux et des plus beaux vêtements ; les femmes m'enviaient et les hommes me désiraient, tel un objet précieux. J'étais tout et je ne savais rien ! Je donnerai n'importe quoi pour revenir à cette époque avec ce que je sais maintenant. Je ferai les choses différemment…

Tandis qu'elle parlait, Hazel s'efforçait d'ouvrir la fenêtre sans faire de bruit, mais Rhonda semblait absorbée par ses souvenirs :

— …J'ai voulu plus et trop vite. Du jour où mon ventre s'est mis à s'arrondir et où j'ai réclamé un nom, Zeus m'a tout retiré. Il voulait que j'accouche et que je disparaisse ensuite de son satané « Paradize »…

Hazel retira ses chaussures et se servit du rebord de la fenêtre pour se hisser au-dehors. Dans son dos, la voix rauque et lointaine de Rhonda continuait de lui parvenir :

— …Ce vieil égoïste m'aimait bien, tant que j'affectai d'être bête et simplement jolie. Et puis il a prétendu que j'étais profondément cruelle et que je ferai la pire des mères. J'ai fait mine d'accepter son offre, mais dès qu'il a signé les papiers qui te reconnaissaient, je t'ai embarquée. Je voyais dans ta naissance l'espoir d'une revanche, à condition d'être patiente.

Cet imbécile avait bien choisi ton prénom, Athéna : la déesse de la guerre et de la justice !

Sans le savoir, son ricanement salua le saut d'Hazel.

Elle n'était qu'au premier étage et n'eut aucune difficulté à se réceptionner au sol. Ensuite, elle fonça en direction de la voiture, priant pour que Seth eût laissé, comme à son habitude, les clés sur le tableau de bord.

L'instant d'après, remerciant le ciel d'avoir fait les hommes aussi prévisibles, elle démarra, bien décidée à mettre en pratique l'observation attentive des talents de conducteur de Seth.

Hazel roula aussi longtemps qu'elle le pût, mais elle n'avait pas l'endurance de Seth. Ses paupières se faisaient de plus en plus lourdes et à plusieurs reprises, elle manqua d'envoyer la voiture dans le décor. Après un dernier écart, elle parvint in extremis à arrêter le véhicule au bord d'une falaise.

Mourir le jour où je deviens milliardaire, c'est maman Rhonda qui va être contente.

Malgré tout, elle ne pouvait oublier que Rhonda avait veillé sur elle à sa manière. Bon sang, elle avait été jusqu'à s'amputer d'un orteil, alors que rien ne l'y obligeait ! C'était bien une preuve qu'elle tenait à elle, non ?

Epuisée, Hazel retira la clé du contact et renversa la tête en arrière, sombrant dans un sommeil peuplé de cauchemars.

Soudain, des coups contre la vitre la réveillèrent :

— Pardon, madame, tout va bien ? Vous êtes en panne ? Vous avez besoin d'aide ?

Hazel ouvrit les yeux et croisa le regard bienveillant d'un homme entre deux âges. Derrière lui, elle pouvait apercevoir une voiture avec une femme et plusieurs enfants, qui se décrochaient le cou pour mieux voir la scène.

Le regard de l'automobiliste s'assombrit soudain :

— Dites, vous avez l'âge de conduire ? Vous avez l'air bien jeune...

— J'ai l'âge de devenir milliardaire, alors ça va, hein...

Mais déjà, l'homme ouvrait la portière et l'aidait à se lever :

— Allez, tu vas venir avec nous et nous raconter ce que tu fais là toute seule. Cette route est dangereuse, à cause de ses lacets et de ses précipices.

Il la conduisit à sa voiture, où les enfants se serrèrent les uns contre les autres pour lui faire de la place. L'aînée avait à peu près son âge et elle regarda avec curiosité la robe en velours d'Hazel.

La jeune fille plaqua son front contre la fraîcheur de la vitre, l'esprit vide et lasse de tout.

Chapitre 49

Une demi-heure plus tard, Hazel était installée devant un verre de soda frais, dans une maison à peine plus petite que celle de Zeus Delanay.

A l'heure qu'il est, Paradize doit retentir des cris de rage de Rhonda, à moins que Seth et elle ne soient déjà partis à ma recherche. Une chose est sûre : elle va me tuer, si elle me remet la main dessus.

— Ah, tu souris, jeune fille, c'est bon signe, dit le père de famille.

Hazel jeta un regard discret autour d'elle : le salon où ils se trouvaient était plein d'un sympathique désordre fait de livres, de jouets et de jeux de société vomissant leur contenu sur la moquette. Sous une fenêtre, elle repéra un électrophone semblable à celui d'Alan et ne put y résister. Posant son verre, elle alla jeter un coup d'œil à la collection de vinyles.

Après avoir laissé courir ses doigts sur les rayonnages, elle sortit un disque de sa jaquette et le mît en place, tandis que le père bourrait sa pipe de tabac :

— J'aurai pensé qu'une jeune fille de ton âge aurait écouté autre chose que Dean Martin. Les Doors, ou encore ce Led machin, dont Amy me rabat les oreilles !

Hazel sourit, mais l'elle écoutait à peine. Une fois le saphir soigneusement positionné, les premiers accords de « That's Amore » résonnèrent dans le salon.

Au cinquième couplet, sa main se tendit vers le saphir, prête à le repositionner. Mais c'était inutile, le disque étant en parfait état : Dean Martin poursuivit sa prestation sans la moindre interruption.

Hazel en ressentit une forte déception : soudain, Teresa et Alan lui manquèrent d'une manière plus vive que jamais.

— Tu aimes cette chanson, jeune fille ?

— Mes parents l'écoutent en boucle, répondit-elle, en essuyant discrètement une larme.

Alors qu'elle remettait le disque dans sa pochette de papier de soie, la fille aînée entra dans le salon, avec un sourire timide. Elle lui tendit gauchement une robe en lin :

— Tu n'as qu'à mettre ça, si tu veux. Tu auras moins chaud.

— Merci, répondit Hazel, reconnaissante.

La jeune fille hocha la tête :

— Elle devrait t'aller, on fait la même taille, toi et moi. Au fait, je m'appelle Amy.

Hazel se contenta d'acquiescer et la suivit dans sa chambre pour se changer. La jeune fille lui demanda son nom, mais Hazel ignora sa question.

Après tout, je ne sais même plus comment je m'appelle moi-même. Suis-je Hazel, la fille d'Alan et de Teresa Conway, ou Athéna, fille de Zeus Delanay et de Rhonda ?

Tandis qu'elle déposait la robe d'Amy sur son lit, elle regarda avec curiosité sa chambre. Tout son mobilier était en rotin blanc, jusqu'à la coiffeuse. La bibliothèque était pleine de livres et sa commode, couverte d'une collection de poupées anciennes. *Je pourrai être amie avec cette fille.*

Amy n'insista pas pour avoir son nom et Hazel lui en fut reconnaissante. Quand elles finirent par redescendre, elles arboraient toutes les deux une robe d'été légère et un sourire aux lèvres.

Mais au fond d'elle, Hazel savait que la peur ne l'avait pas quittée.

Chapitre 50

La mère invita ensuite toute la famille à passer à table, à l'exception du père, qui ne les rejoignit que plus tard, prétextant des appels urgents :

— L'incendie s'est rallumé au nord, j'ai préféré charger la voiture au cas où. Espérons que cette nuit, les vents nous soient favorables !

Le dîner se poursuivit malgré tout dans la bonne humeur : Hazel se détendit, se sentant étrangement à sa place au milieu de cette famille.

Le plus jeune n'avait pas trois ans, il remplissait à peine sa chaise de bébé et s'appelait Yvan. Ses cheveux blonds et fins formaient une auréole soyeuse autour de son petit visage espiègle, on eut dit un chérubin.

Comme c'est étrange, j'avais oublié qu'on pouvait se sentir aussi bien. Je regarde le petit Yvan et c'est comme un élan, quelque chaud de doux et pur qui me donne envie de le prendre dans mes bras, de cacher ma fatigue et ma peur dans le duvet de ses cheveux.

Au moment où la mère déposait un énorme pudding sur la table, le père se tourna vers Hazel avec gentillesse :

— Je suis bien content que tu sois avec nous, jeune fille. Tu as l'air d'avoir traversé un certain nombre d'épreuves. Je sais qu'il y a toujours une bonne raison pour qu'une adolescente fugue, mais on ne devrait jamais tourner le dos à ses parents.

— Justement, je me demandais… Je… Je voudrais les appeler, si ça ne vous dérange pas.

Le père de famille sourit et s'apprêtait à répondre quand soudain, un brusque courant d'air rabattit violemment un des volets, faisant sursauter la mère.

Puis une forte odeur de bois brûlé envahit le salon et ils se précipitèrent tous aux portes-fenêtres ouvertes.

En l'espace de quelques minutes à peine, le ciel s'était emboucané d'une épaisse fumée. La mère poussa un cri étranglé :

— L'incendie ! Chéri, il faut faire sortir les enfants, vite !

Le père jeta un regard au front de flammes, qui semblait malgré tout encore raisonnablement loin. Pour une raison inconnue, il semblait hésiter.

Peut-être ne veut-il pas laisser sa maison sans protection ?

Mais ce n'était pas à sa maison, ni à lui, que songeait cet homme si bon.

— Abby, ne t'inquiète pas. Le plein est fait, la voiture déjà chargée. Nous devons juste attendre ses parents, ajouta-t-il, en désignant du menton la jeune fille.

Hazel ne réalisa pas tout de suite ce qu'il était en train de dire, se demandant comment diable il avait pu contacter Teresa et Alan.

Et soudain, elle comprit.

Il parle de Rhonda.

— Pendant que tu te changeais à l'étage, je suis retourné à ta voiture, car je voulais la mettre en lieu sûr, expliqua le père de famille. J'y ai trouvé un numéro de téléphone et un nom :

« Paradize », celui d'une propriété plus à l'est. Quand j'ai appelé, une certaine Virginia m'a passé une femme, qui a dit être ta mère. Elle semblait très soulagée de te savoir ici. Elle a l'air de beaucoup tenir à toi.

Misère.

Hazel se retint de crier que Rhonda l'aimait comme on aime une succession de zéros sur un chèque ou la combinaison d'un coffre assurant le super jackpot.

Surtout, elle réalisait que sans le vouloir elle les avait mis en danger : si Seth et Rhonda débarquaient maintenant, Dieu seul savait ce qu'ils pourraient infliger à cette petite famille.

Aussi Hazel se leva-t-elle et se dirigea vers la porte, bien décidée à mettre le plus de distance entre ses hôtes et Rhonda.

Mais pile au moment où elle sortait, une grosse Cadillac noire se gara dans la cour avec un crissement de pneu, sa plaque d'immatriculation portant le nom de (feu) son propriétaire : ZEUS. Sans surprise, Rhonda et Seth en sortirent et malgré elle, la jeune fille recula vers le reste de la famille, venue aux nouvelles.

— Bienvenue, chère petite madame ! Le temps presse, mais…

Le sourire avenant du père de famille se fana soudain, tandis qu'il s'approchait de Rhonda. Quelque chose dans l'attitude cette *chère petite madame* devait le chiffonner, car il jeta soudain un regard plein d'incertitude à Hazel.

A moins que ce ne fut l'incendie, qui se rapprochait dangereusement ?

Déjà, les premiers arbres, près du portail, s'embrasaient avec une facilité déconcertante, leurs branches sèches crépitant comme des feux de Bengale le soir du 4 juillet.

Rhonda profita de ce que la famille contemplait, hébétée, le feu en train de se propager, pour enfoncer ses ongles dans le bras d'Hazel :

— Trop aimable à vous de nous avoir appelés ! lança-t-elle à l'intention du père de famille, en entraînant la jeune fille dans son sillage.

Mais Hazel se libéra et courut se réfugier derrière le père de famille :

— Ne la laissez pas m'emmener, je vous en supplie ! supplia-t-elle, paniquée.

Il hocha la tête et se tourna vers le reste de la famille :

— Allez, montez dans la voiture, les enfants ! Maman aussi, j'arrive tout de suite, J'ai juste une petite chose à régler.

Puis il se tourna vers Rhonda :

— C'est vrai, après tout, qu'est-ce qui me prouve que vous êtes ses parents ?

Hazel le vit jeter un regard aigu à Seth, manifestement trop jeune pour prétendre être son père.

Le visage de Rhonda se ferma et son masque de mère modèle se fissura :

— Allez, la môme, tu montes avec nous.

La jeune fille secoua la tête, butée :

— Tu n'es revenue que parce que tu voulais que je touche l'héritage de Zeus ! Tu n'en as rien à faire de moi !

— Ah oui, et pourquoi je me serais coupée ce fichu orteil, si je ne t'aimais pas ?

— Parce que tu es folle ! s'écria Hazel, hystérique. FOLLE A LIER !

Soudain, Seth s'interposa avec son revolver qu'il agita en l'air :

— OOOOH, les filles, on se calme ! Là tout de suite, il faut y aller ! La môme, tu montes avec nous et tu ne discutes pas, ou j'emploie les grands moyens !

Pour appuyer ses dires, Seth pointa son arme sur le père de famille.

Le pire, c'est que cette andouille est tout à fait capable de tirer, pour m'avoir. Je suis un sacré joli pactole à moi toute seule maintenant.

Alors Hazel contourna le père de famille et les rejoignît, tête baissée.

Chapitre 51

A présent, l'incendie était tout autour d'eux.

Le père hésita, mais il devait avant tout penser à sa propre famille : il finit par hocher la tête, jetant un œil navré à Hazel, qui lui fit un pauvre petit sourire.

La mort dans l'âme, la jeune fille monta alors avec Seth et Rhonda dans la vieille, mais luxueuse voiture empruntée à Zeus Delanay.

Seth mit le contact, mais le moteur patina et refusa de démarrer.

Il essaya à plusieurs reprises et à la fin, frappa de dépit le volant en cuir.

Puis il tourna sa tête vers Rhonda et celle-ci hocha la tête.

Avant qu'Hazel n'eut le temps de réagir, il était déjà hors du véhicule et fonçait vers la seconde voiture, tellement chargée que le père peinait, lui aussi, à démarrer.

Le pauvre était si concentré sur son volant, qu'il ne vît pas Seth ouvrir la portière :

— Dehors, imbécile !

L'instant d'après, le père de famille mordait la poussière, tandis qu'une clameur d'angoisse retentissait à l'intérieur de l'habitacle. Seth et Rhonda ouvrirent alors les autres portes à toutes volées et firent brutalement descendre tout le monde, toujours sous la menace du revolver.

A présent, l'air tout autour d'eux était brûlant et plein de cendres pulvérulentes, qui allumaient des flammèches partout où elles se posaient.

Hazel croisa le regard apeuré d'Amy, qui tenait son plus jeune frère dans ses bras. Son cœur se serra. Le sourire d'Yvan avait disparu et sa frimousse était tordue par une grimace pleine de larmes. Il agitait ses petits poings fermés devant ses yeux rougis par la fumée. Les autres enfants pleuraient aussi et leurs gémissements angoissés avaient de quoi fendre le cœur le plus endurci.

Au lieu de quoi, Seth et Rhonda les ignorèrent, achevant de jeter sacs et bagages hors du coffre.

Ce fut le moment que choisit le père de famille pour tenter un acte aussi fou qu'irréfléchi : il se jeta sur Seth, avec l'énergie du désespoir. Un court instant, les deux hommes donnèrent l'impression d'esquisser les pas d'une danse sophistiquée. Puis un coup de feu partit et le père de famille se retrouva par terre, avec un beau trou et une tâche écarlate grandissant à vue d'œil sur sa chemise.

Hazel poussa un hurlement et dût s'évanouir, car lorsqu'elle reprît conscience, elle était à l'arrière de la voiture. Devant elle, Seth et Rhonda gesticulaient et hurlaient, comme s'ils étaient devenus fous.

Enfin, plus fous encore que d'habitude.

L'incendie gagnait dangereusement du terrain et au-dessus de leur tête, une canopée en feu menaçait de vomir son ciel brûlant sur eux.

Seth démarra en trombe et la voiture, délestée de la petite famille et du poids des valises, bondit en avant.

La mort dans l'âme, Hazel entendit décroître derrière eux le cri déchirant des petits dans la fournaise et les hurlements d'horreur de leur mère.

Soudain, une brusque certitude s'imposa à elle : sa richesse attirerait toujours le sang et les convoitises, où qu'elle allât.

Restait à trouver un moyen d'en finir une bonne fois pour toutes.

Chapitre 52

A deux reprises, le moteur manqua de s'étouffer et sans les talents de pilote de Seth, ils eussent sans doute trouvé la mort une bonne dizaine de fois.

Autour d'eux, les troncs d'arbres craquaient et sifflaient, assaillis par le feu, déversant leur sève brûlante sur le tapis d'herbes sèches.

Soudain, un énorme craquement se fit entendre. Juste devant eux, un arbre enflammé s'abattit au beau milieu de la route.

Paniquée, Rhonda se mit à hurler : le feu était désormais partout autour d'eux et il n'y avait aucun moyen de rebrousser chemin. Seth dut lui administrer une paire de gifles pour la calmer, puis il bondit au-dehors, en leur criant :

— Bon sang, vous attendez de cramer vives, ou quoi ? Venez m'aider !

Rhonda lui obéit en poussant des cris d'effroi et Hazel en profita pour attraper l'arme abandonnée sur son siège. Une fois dehors, elle la jeta sur le côté, le plus loin possible. Puis elle s'empressa de rejoindre Seth et Rhonda, qui s'escrimaient déjà à déplacer l'arbre.

Cependant, les flammes qui couraient sur le tronc compliquaient singulièrement la tâche et rendaient difficile, voire impossible, son approche.

Alors que les deux femmes commençaient à désespérer, Seth ôta soudain son t-shirt et avec, tenta d'étouffer les flammes à sa portée :

— Retirez vos chaussures, les filles ! leur hurla-t-il, afin de couvrir le vacarme de l'incendie. Quand je vous le dirai, servez-vous-en pour pousser le tronc de toutes vos forces !

Rhonda et Hazel lui obéirent et lorsqu'il leur en donna l'ordre, elles appuyèrent leurs chaussures sur le tronc, mettant toute leur énergie à tenter de le déplacer. Aussitôt, au contact du bois brûlant, le caoutchouc des semelles se mit à fondre et le cuir, à gondoler.

Malgré tout, ils continuèrent, le souffle de l'incendie sur leur nuque.

Soudain, un cri de douleur échappa à Seth et Hazel vit alors quelque chose qu'elle n'était pas prête d'oublier. Le tee-shirt du jeune homme n'avait pas résisté bien longtemps, mettant ses mains en contact direct avec l'écorce brûlante. La peau de mains semblait avoir littéralement explosé par endroit, libérant de petits cratères jaunes purulents et des extrémités noires de ses doigts, suintait une vilaine lymphe.

Le regard d'horreur d'Hazel sembla curieusement galvaniser Seth, à moins que ce ne fut une montée d'adrénaline due à la douleur. Toujours est-il qu'à lui seul ou presque, il acheva de dégager, les muscles bandés, l'arbre.

Ses cheveux avaient brûlé aussi, laissant par endroit son crâne à vif.

Suffocante, Hazel recula de quelques pas pour reprendre son souffle. Devant elle, Rhonda continuait d'ahaner aux côtés de Seth, ses cheveux dénoués voltigeant autour de son visage taché de suie et dégoulinant de sueur. Sa robe avait brûlé par endroits et ne semblait tenir sur son corps qu'à un fil. Dans le feu de l'action, elle avait également perdu son énorme pansement au pied.

Hazel laissa échapper un gémissement, soudain au bord de la nausée.

Va à la voiture.

Elle recula jusqu'au véhicule, les yeux fixés sur le pied indemne de Rhonda.

Elle se glissa derrière le volant, tandis que là-bas, toujours à leur affaire, Seth et Rhonda achevaient de repousser le tronc sur le côté de la route.

Sur le volant, les mains Hazel   étaient parcourues de tremblements :

Je ne vais pas pouvoir.

Elle ferma les yeux, la tête lui tournant méchamment. Elle revoyait l'orteil coupé dans le verre, le caddie retourné du vagabond, au motel et enfin, la vérité lui apparut avec clarté. C'était donc bien lui, le dernier fantôme apparu lors du Baptême Pourpre, qui avait été amputé, non Rhonda.

Quelque part, tout au fond d'elle, elle l'avait toujours su.

Elle leva les yeux : là-bas, à quelques mètres, Seth et Rhonda regardaient autour d'eux avec un air hébété, réalisant soudain qu'Hazel n'était plus avec eux.

Dans moins d'une seconde, ils vont se retourner vers la voiture.

Alors Hazel tourna la clé, avec une brusquerie qui manqua presque de la lui faire casser.

Le moteur patina, toussa… puis se tut. Elle eut beau essayer, encore et encore, rien n'y fit. Il venait de rendre l'âme.

Près de l'arbre, Seth et Rhonda échangèrent un regard et se précipitèrent en direction de la voiture.

Hazel sortit alors du véhicule, en levant les mains, comme pour se rendre.

Mais au fond, c'est bien ce qu'elle faisait.

Elle abandonnait la partie.

Chapitre 53

En arrivant à sa hauteur, Seth lui attrapa le poignet violemment, comme s'il voulait le tordre :

— Petite peste, tu croyais nous abandonner...

— Laisse tomber, Seth et monte ! s'écria Rhonda, en ouvrant la portière avant de la voiture. On va mourir, si on reste plus longtemps ici !

Elle n'a pas compris que la voiture ne pouvait pas démarrer.

Seth lâcha le poignet d'Hazel, en lui jetant un regard froid :

— Tu allais nous laisser là... C'est toi, qui va cramer à notre place ! On fait moins la maligne, maintenant, hein ? lui lança-t-il, en ouvrant la portière.

Hazel l'ignora, se penchant vers Rhonda :

— Comment as-tu pu me mentir ? Inventer cette histoire, faire semblant d'être estropiée...

— Il fallait bien, non ? Seth, ouvre-lui la portière ! Il nous la faut !

Mais Seth était ivre de rage :

— Tu n'en as rien à foutre, d'elle ! Tout ça, toute cette route, c'était juste pour le testament de Zeus !

A ce moment-là, le bruit d'un moteur émergea dans le vacarme de l'incendie et une voiture jaillit du brasier dans un crissement de pneu.

Seth, qui venait de prendre place derrière le volant, passa la tête par la fenêtre de la voiture :

— Mais c'est la caisse du flic qu'Hazel était censée avoir buté !

— C'est qu'il était pas si mort, alors, siffla Rhonda, en se tordant le cou pour voir le nouvel arrivant.

La portière s'ouvrit et Justin en sortit, si beau dans ce décor apocalyptique qu'on eut dit un ange descendu en enfer.

— Monte ! cria-t-il à Hazel.

Sans hésiter, la jeune fille franchit les quelques mètres qui les séparaient et se glissa sur le siège du passager, ruisselante de larmes et de sueur.

— Reconnais que tu n'as jamais été aussi contente de me voir, dit Justin, en remontant à son tour dans la voiture.

Là-bas, devant eux, Seth tentait en vain de redémarrer la voiture, comme Hazel, quelques instants plus tôt.

— J'étais déjà très contente de te voir la dernière fois, dit-elle précipitamment.

— C'est pour ça que tu as tiré sur moi !

— J'ai fait semblant, corrigea Hazel.

— J'ai été sourd pendant trois jours après ça. Et je devrais expliquer à la police du comté de feu le sheriff McDougal pourquoi leur voiture a un trou dans le plancher.

— Prie pour que tu sois en mesure d'expliquer quoique ce soit, parce que là, on n'est pas encore sortis d'affaire !

Justin se concentra sur la manœuvre : il devait à la fois éviter la voiture de Seth et l'arbre qui barrait encore en partie le passage.

Il y eut alors ce moment incroyable où ils passèrent devant Seth et Rhonda, comme au ralenti. Le visage de Rhonda était tordu par la peur et la haine ; ses lèvres gercées crachaient des mots que l'incendie, heureusement, leur ravissait.

Soudain, un poing s'abattit sur la vitre d'Hazel et la fit violemment sursauter :

— Ouvre ! supplia Seth. Ne me laisse pas crever dans cet enfer !

Comme la voiture, après avoir contourné l'arbre mort, reprenait un peu de vitesse, Seth s'agrippa à la poignée d'Hazel comme un forcené :

— Tu ne vaux pas mieux que ta mère, Hazel ! Elle voulait juste que tu signes le testament et ensuite, zou ! Liquidée, la môme ! A nous, tout le fric des Delanay !

A côté d'Hazel, Justin était tendu vers la route, attentif aux branches qui tombaient autour d'eux. Il accéléra encore un peu et sa main saisit celle d'Hazel, la serrant fortement pour lui communiquer de la force.

De l'espoir.

Seth continuait de s'agripper à la portière, ses longues jambes traînant à présent sur la route. Il grimaçait de douleur, signe qu'il allait bientôt lâcher prise.

Hazel croisa alors son regard et l'espace de quelques secondes, elle sut qu'ils pensaient tous les deux à la même chose, à un champ rempli de soleil et de lapins de garenne.

L'instant d'après, il disparut, avalé par un épais nuage de poussière. En tournant la tête, Hazel vit Rhonda rejoindre Seth en toussant, les flammes se refermant en cercle autour d'eux.

Et soudain, au moment où ils disparaissaient dans le brasier, un cri, unique :

— Athéna !

Epilogue

Ils roulaient depuis plusieurs heures quand, sous l'effet de la fatigue, Hazel éclata en sanglots.

— Tu as toujours eu le sens de l'à-propos. Ne me dis pas que tu pleures pour ces deux monstres, fit Justin.

— Non, idiot. Je pleure à cause de la famille, d'Amy, Yvan et ses parents, si gentils, les jumeaux… ils sont morts à cause de moi !

Le visage crispé de Justin se détendit soudain et il quitta brièvement la route des yeux pour lui jeter un coup d'œil :

— Non, Hazel, ils ne sont pas morts.

La jeune fille ouvrit de grands yeux et lui saisit le bras :

— Comment ça, ils ne sont pas morts ?

— Non. Calme-toi, ou on va avoir un accident et il nous reste beaucoup de route à faire ! dit-il, avant d'enchaîner : Après que tu m'aies laissé pour mort, je me suis souvenu que tu avais parlé de Paradize et je n'ai pas eu trop de mal à retrouver la maison de Zeus Delanay. Là-bas, la gouvernante m'a dit que Rhonda et Seth étaient déjà en route pour te chercher, suite à ta petite fugue, mais le temps que j'arrive, vous étiez déjà repartis, dans la voiture de la petite famille… En revanche, pour celle-ci, je suis arrivé à point nommé ! Le père a reçu une balle, mais il devrait s'en sortir. Le voisin, chez qui je les ai mis à l'abri a un fils médecin et il a pris les choses en main.

Bien que soulagée, Hazel secoua la tête :

— Comment as-tu pu nous retrouver, dans cette fournaise ?

— C'est simple, il n'y avait que deux routes qui conduisaient à la maison que vous veniez de quitter. Celle que j'ai prise pour mettre la famille à l'abri… et celle que vous aviez empruntée, dans le sens opposé. Quelle chance, quand on y pense, que je sois arrivé à temps !

— Ce n'était pas de la chance, Justin, fit Hazel, qui saisit alors le visage de Justin entre ses mains pour l'embrasser – ce qui manqua bien de les envoyer dans le décor :

— Est-ce que ça signifie que tu veux toujours de moi comme petit ami ? demanda-t-il, narquois.

Hazel émit un bruit curieux, à cheval entre un éclat de rire et un sanglot :

— Et bien, si ta demande en mariage tient toujours…

— Et comment ! s'exclama Justin qui, de surprise, faillit de nouveau sortir de la route. Figure-toi que j'ai déjà la bague, j'avais prévu de te faire ma demande lors de ma permission.

— On lâche jamais, hein, Justin Wilson ?

— Tant que ça te concerne, non, jamais, Hazel Conway.

Il tourna son beau visage épuisé vers elle et ils éclatèrent de rire en même temps. Et ce rire fatigué valait tous les millions au monde.

Jackpot. Bingo. Boum !

Merci !

Oui, un grand merci à vous, Ami Lecteur, pour avoir acheté et lu ce livre — si vous lisez cette note, j'en déduis que vous l'avez terminé et j'en suis pleinement honoré.

Ce roman est le fruit de nombreuses relectures et de quelques nuits blanches… alors si vous l'avez aimé, n'hésitez pas à laisser un commentaire sur Amazon ou à en parler autour de vous.

Ecrire s'apparente à une course au flambeau solitaire dans la nuit, jusqu'au moment où l'on se sent enfin prêt à passer le relais.

Merci à vous, Ami Lecteur, d'entretenir le feu.

lebaptemepourpre@gmail.com

Dépôt légal : Avril 2021

Printed in Poland
by Amazon Fulfillment
Poland Sp. z o.o., Wrocław

79887158R00179